AF368302

TALK

OPHÉLIE PEMMARTY
Numéro Éditeur : 978-2-9582914

Illustration de couverture :
London Montgomery Covers

ISBN : 978-2-9552907-3-6

TALK

OPHÉLIE PEMMARTY

LA RENCONTRE

Cela faisait longtemps déjà que Randy voyait le jeune homme tous les jours, assis sur l'un des bancs qui s'éparpillaient sur la longue avenue de Santa Monica, face à l'océan. À peu près depuis qu'il avait emménagé à Los Angeles, ce qui ne remontait qu'à six mois, mais tout de même ! Six mois que chaque matin, le jeune homme était installé là-bas... à la longue, il faisait presque partie du paysage.

Au premier abord, Randy s'était demandé s'il ne s'agissait pas d'une statue, mais en l'observant attentivement, il avait fini par constater que l'homme bougeait... Et, en passant le soir au même endroit, il avait vu qu'il n'était plus là du tout. C'était donc qu'il était humain, ou capable de se mouvoir tout seul – puisque l'un était possible sans l'autre désormais.

Au fil du temps, il avait réussi à apercevoir autre chose que son dos mince et l'arrière de sa tête recouverte de cheveux châtains ébouriffés, déjà prometteurs. En effet, le jeune homme, qui devait avoir probablement son âge – Randy venait de fêter ses vingt-neuf ans –, avait de grands yeux clairs, sans doute bleus, et un visage aux traits angéliques qui ne lui était pas tout à fait inconnu, du moins en avait-il l'impression.

Il portait toujours des jeans noirs et des sweats à capuche plutôt sombres, avec de grandes poches dans lesquelles il enfouissait ses mains quel que soit le temps qu'il faisait. Parfois, il était accompagné d'un chien de couleur fauve, qui se couchait à ses pieds et demeurait aussi immobile que son maître.

Randy n'aurait pas su dire ce que tout cela avait de si intéressant, en dehors du fait que le jeune homme n'était vraiment pas désagréable à regarder. Et chaque matin, quand il rentrait de sa séance de course à pied ou passait simplement là, il avait du mal à détourner le regard de ce tableau.

Cela le faisait sourire parfois, mais d'autres jours cela lui serrait le cœur sans qu'il ne sache pourquoi. La plupart du temps, il finissait par l'oublier au fil de la journée, trop absorbé par son travail.

Et du travail, il n'en manquait pas ! Interprète et traducteur de renom, Randy Peterson était une sorte de surdoué dans son domaine puisqu'il parlait une bonne dizaine de langues. On faisait appel à lui pour toutes sortes d'occasions et de boulots, et cela payait bien.

Randy avait beaucoup voyagé après avoir terminé ses études ; il avait vécu un an en France, sept mois au Japon et autant en Chine. Il avait visité une grande partie de l'Europe ainsi que l'Australie pour son plaisir personnel, et il n'y avait pas un seul état des États-Unis dans lequel il n'avait pas mis les pieds au moins une fois.

Mais après un tel périple, l'envie lui était soudain venue de se poser quelque part, et il avait finalement choisi Los Angeles, parce que c'était de là qu'il venait, là qu'il avait grandi. Rien n'est plus fort que l'appel de ses racines, surtout quand on approche de la trentaine et que les souvenirs de l'enfance reviennent dans une douce mélancolie.

Randy avait assez voyagé, assez connu de gens, assez eu de relations temporaires : il avait désormais envie de se poser, de commencer une nouvelle vie plus stable et plus calme et, pourquoi pas, de s'attacher réellement à quelqu'un.

Il y pensait de plus en plus, mais ce n'était généralement pas le genre de choses qui tombaient toutes seules du ciel. Il fallait y mettre du sien pour que cela fonctionne.

Et ce n'était pas spécialement ce que Randy avait fait depuis qu'il s'était installé à Los Angeles. Il s'était plutôt laissé vivre, profitant d'abord de quelques semaines de vacances pour aménager confortablement son appartement, puis restant dans cet état d'esprit un peu détaché pendant que le temps poursuivait sa course et que les rouages de son quotidien s'enclenchaient peu à peu.

Sa nouvelle vie lui plaisait, même si une sorte de manque était en train de se creuser en lui. Randy avait toujours eu l'habitude d'être entouré d'autres personnes – membres de sa famille, amis, collègues de travail, amants, colocataires –, mais depuis qu'il s'était posé dans cette ville immense et surpeuplée, une inexplicable solitude s'était emparée de lui.

Il voyait plus souvent sa mère, ainsi que sa sœur, qui étaient toutes les deux restées dans la région ; son père avait succombé à un cancer quelques années plus tôt. Randy avait de nombreux amis vivant sur la planète entière, dont il prenait et recevait régulièrement des nouvelles mais en dehors de ça, il était seul. Cela lui était si peu arrivé dans sa vie qu'il avait du mal à s'y faire.

C'était son souhait pourtant, surtout après les deux désastreuses histoires d'amour qu'il avait connues.

Randy avait beaucoup d'amour à donner, c'était dans sa nature, mais son travail comptait aussi énormément à ses yeux. Il ne s'était peut-être pas impliqué dans ses relations amoureuses autant qu'il l'aurait dû, il s'en rendait compte à présent, mais ce n'était pas une raison pour être trahi et trompé à la moindre occasion.

S'il y avait une chose que Randy détestait par-dessus tout, c'était la facilité des gens d'aller « voir ailleurs » dès que l'occasion se présentait. Homo, hétéro, peu importait : à partir du moment où on était en couple avec une personne, on lui devait un minimum de respect et d'honnêteté. Penser de la sorte était certainement démodé, mais il n'avait pas l'intention de changer.

Il avait tourné la page à présent, les blessures avaient cicatrisé, et il était certain qu'il trouverait un jour la bonne personne. Peut-être était-elle même déjà là, dans un coin de sa vie, sans qu'il ne le sache…

Quoi qu'il en soit, ce matin-là, le jeune homme était assis une fois de plus sur son banc habituel.

Randy revenait en trottinant de son parcours de course à pied favori, sur les allées sableuses qui bordaient la plage tout le long de la baie de Los Angeles, et il ralentit progressivement jusqu'à s'arrêter pour acheter un jus de fruits frais à un marchand ambulant.

Il devait regagner sa voiture pour rentrer chez lui, sur Jefferson, à mi-chemin entre la côte et le centre-ville. Vingt minutes de trajet sans embouteillages – autant dire que cela n'arrivait qu'aux alentours de cinq heures du matin. Le reste du temps, il fallait plutôt compter le double, mais il aimait venir courir dans ce quartier.

Ce matin-là, donc, Randy hésita avant de rentrer.

Tandis qu'il appréciait les saveurs sucrées de sa boisson, son regard se posa sur la silhouette solitaire qu'il voyait au loin. Les gens n'étaient pas faits pour être seuls, du moins pas en permanence. Il ne savait rien de l'homme assis là-bas, mais son intuition lui disait qu'il était triste, peut-être même malheureux, et elle ne l'avait jamais trompé.

Alors, au lieu de continuer sa route pour rentrer chez lui, Randy revint sur ses pas et traversa la large avenue goudronnée pour s'approcher du banc. C'était un jeudi de la mi-juin, et le soleil brillait déjà fort malgré l'heure matinale.

Randy portait un short noir et un t-shirt qui avait été rouge autrefois, mais qui commençait à virer au rose – un rose assez moche pour qu'il réalise qu'il était temps de le jeter. Comme toujours, l'inconnu était emmitouflé dans son sweat et son jean noirs et n'avait pas l'air d'avoir chaud… Contrairement à Randy, qui s'était rincé le visage avec le fond de sa bouteille d'eau quelques minutes auparavant.

Des gouttes d'eau dégoulinaient encore dans son cou mais il avait plutôt belle allure, ainsi qu'il l'avait vérifié dans les vitrines d'une boutique de prêt-à-porter féminin devant laquelle il avait recoiffé sa tignasse blonde typiquement californienne. Il ressemblait à un surfeur, même s'il n'était pas remonté sur une planche depuis plus de quinze ans.

— Hey, dit-il doucement en contournant le banc. Je peux ?

Le jeune homme lui lança un bref regard puis hocha la tête sans répondre. Ses yeux étaient effectivement bleus, et Randy eut du mal à s'en détourner tout de suite.

Au bout de plusieurs longues secondes, il s'assit sur le banc, le plus loin possible de l'inconnu pour ne pas paraître plus intrusif qu'il ne l'était déjà. Il se pencha en avant pour étirer les muscles de ses jambes – s'il ne le faisait pas, il aurait à coup sûr des courbatures le lendemain.

En se redressant, Randy tenta d'engager la conversation, avec le seul sujet complètement banal dont on pouvait parler à n'importe qui : la météo !

— Agréable ce beau temps, n'est-ce pas ?

Ses propres paroles lui semblèrent ridicules : évidemment qu'il faisait beau, ils étaient en Californie !

Une fois encore, le jeune homme resta silencieux. Peut-être n'en avait-il rien à faire, surtout au vu de la façon dont il était vêtu… Autant dire que la tentative de Randy était déjà un vrai désastre. Mais il n'était pas du genre à s'avouer vaincu aussi facilement, alors il reprit :

— J'aime bien courir ici tôt le matin, avant qu'il n'y ait trop de monde. La ville est si différente quand elle est calme…

Il risqua un petit coup d'œil sur le côté et vit l'inconnu hocher prudemment la tête. Il n'était pas très souriant mais son visage n'en était pas moins magnifique. À la fois encouragé et troublé, Randy continua :

— Il n'y a pas de vent, c'est rare… Tu viens souvent ici, n'est-ce pas ? Je t'ai déjà vu.

Souvent était un euphémisme, mais il n'allait quand même pas lui dire qu'il l'observait tous les matins depuis près de six mois !

Randy adressa un sourire au jeune homme, qui lui fit à nouveau un petit signe de tête. Il avait quelque chose d'étrangement familier, même si Randy était certain de ne l'avoir jamais rencontré avant. Un visage pareil, il n'aurait pas pu l'oublier !

Son silence commençait à devenir étrange, mais Randy insista encore :

— Tu habites dans le coin, je suppose ?

Toujours la même réponse, un petit hochement de tête. Dans d'autres circonstances, il aurait laissé tomber, mais il y avait quelque chose chez cet homme qui retenait son attention, qui l'avait attiré avant même qu'il ne voie son visage. Et à présent, l'infinie tristesse qui hantait les yeux bleus de l'inconnu ne donnait à Randy qu'une raison supplémentaire de vouloir faire connaissance avec lui. Il détestait voir des gens souffrir, quand bien même il ne les connaissait pas.

Tentant le tout pour le tout, il tendit la main et se présenta :

— Moi c'est Randy.

Le châtain regarda la main bronzée tendue vers lui puis fit un geste comme s'il allait la serrer, au lieu de quoi il sortit seulement un smartphone de sa poche et commença à y taper quelque chose.

Décontenancé, Randy laissa retomber sa main et observa l'inconnu jusqu'à ce que ce dernier lui montre son portable.

« Je m'appelle Jonathan, mais tout le monde dit Joe en général », était-il inscrit.

— OK, euh… Salut, Joe… Enchanté !

L'inconnu lui sourit. Il n'était peut-être pas si farouche, finalement… et avec un peu de chance, il serait du même bord que lui !

Le sourire de Joe resta accroché à ses lèvres, un long moment, pendant lequel ni l'un ni l'autre n'eut le courage de détourner le regard. Puis il baissa soudain les yeux, l'air grave, semblant frissonner malgré le rayon de soleil qui l'illuminait tout entier. Randy se sentit un peu mal à l'aise et murmura :

— Désolé, je ne voulais pas te déranger. Si tu n'as pas envie de discuter, je…

Joe leva silencieusement la main pour l'interrompre. Sous le regard de plus en plus intrigué de Randy, il reprit son portable et écrivit : « Ce n'est pas que je ne veux pas… Je ne peux pas ».

— Tu ne peux pas, répéta Randy. Tu es… un agent du FBI ou de la CIA en couverture, ou un truc du genre ?

Jonathan se mit alors à rire, d'un rire étrange, silencieux. Randy n'avait jamais rien entendu de tel, même si techniquement il n'y avait rien à entendre.

Quand le premier eut retrouvé son sérieux, il secoua négativement la tête avant de faire un geste de la main devant sa gorge. Il était muet.

Randy se sentit rougir comme un adolescent pris en faute et bredouilla :

— Oh, d'accord… Je, merde, désolé… Je n'avais pas…

Il s'embrouilla dans ses excuses et finit par se taire, sous le regard un brin amusé de Joe. À nouveau, ils s'observèrent durant de longues secondes ; Randy était en train d'oublier tous les beaux mecs qu'il avait pu voir dans sa vie tant Joe était mignon.

Finalement, celui-ci se détourna pour taper sur son portable : « Je suppose que tu ne maîtrises pas le langage des signes ? ».

— Non, répondit Randy après avoir lu. Désolé.

C'était un comble de connaître pratiquement dix langues différentes mais de ne pas pouvoir communiquer normalement avec lui.

« Ce n'est rien. J'ai l'habitude », répondit Jonathan.

Il effaça ensuite les deux phrases et écrivit à la place :

« J'apprécie aussi le calme. D'ailleurs, j'habite dans les canaux de Venice Beach. Mais j'aime venir ici quand même ».

— C'est un quartier très agréable, vers là-bas ! J'y traînais toujours quand j'étais gosse, expliqua Randy. J'habite du côté de Jefferson maintenant, je dois prendre la voiture pour venir courir ici, mais tant pis.

Joe cligna des yeux, pencha la tête comme pour mieux contempler Randy, puis répondit : « Tu as toujours vécu à Los Angeles, alors ? Désolé, je ne t'avais jamais vu…. Je suis un peu ailleurs, quand je viens ici ».

— J'ai vu ça, dit Randy avec un petit sourire. Et non, je n'ai pas toujours vécu ici… J'y ai grandi mais je suis parti pour le boulot et j'ai beaucoup voyagé. Je suis revenu il y a quelques mois.

Il se sentait fondre sous le regard céleste de Jonathan, comme si celui-ci avait réussi à lire à l'intérieur de lui. C'était troublant, agréable et un peu effrayant à la fois.

— Et toi ? reprit-il alors. Tu es de Los Angeles ?

Il vit distinctement l'onde douloureuse qui parcourut le visage de Joe, même si cela ne dura que quelques secondes. La question était banale, innocente, mais elle n'avait pas plu à Jonathan et ce n'était pas du tout ce qu'il souhaitait – même s'il ignorait pourquoi ça le tracassait tellement, tout à coup.

Randy s'apprêtait à s'excuser quand Joe secoua la tête, avant de changer de sujet grâce à cette phrase : « C'est quoi, ton boulot ? ».

— Je suis interprète. Et traducteur. C'est pour ça que j'ai beaucoup voyagé : vivre dans un pays, c'est la meilleure façon d'en apprendre la langue.

« Tu parles lesquelles ? », lut-il sur le portable.

— Euh… l'anglais…

Joe se remit à rire, et bien que ce soit silencieux, la façon dont cela éclairait son visage était exquise. Randy eut besoin de quelques secondes avant de lui donner une réponse intelligible :

— Le français, le chinois, l'espagnol, le japonais, l'italien, l'allemand, le portugais et un peu de russe aussi.

Joe haussa les sourcils et articula un « WOW » qui fit à nouveau rougir Randy. Depuis quand n'était-il plus capable de mener une discussion en adulte qui maîtrisait ses émotions ?! Il n'aurait pas su le dire, mais c'était visiblement très récent.

« Génial, je suis impressionné ! », lui fit lire Joe.

— Non, il ne faut pas… Regarde, je ne connais pas le langage des signes, c'est nul !

Joe rit à nouveau, se tournant un peu plus vers Randy. Ils s'étaient instinctivement rapprochés l'un de l'autre, sur ce petit banc face à l'océan, et ils avaient oublié le monde autour tant ils étaient absorbés par leur conversation. Randy remarqua que Joe était très pâle ; ses mains paraissaient blanches comparées aux siennes et il avait de longs doigts fins, des doigts de pianiste peut-être.

— Est-ce que tu es musicien ? lui demanda-t-il.

Joe eut un mouvement de recul si brusque que Randy sursauta. L'expression de douleur peignit une nouvelle fois son visage, et il sembla se recroqueviller sur lui-même dans son sweat trop grand pour lui. Randy eut le cœur serré de le voir ainsi et murmura aussitôt :

— Excuse-moi, je… Ce sont tes mains… Tu as des doigts de pianiste, je trouve. C'est con parce que je ne connais pas de pianiste pour comparer, mais… c'était pour ça, ma question.

Jonathan se détendit peu à peu, jusqu'à reprendre son téléphone pour écrire : « Je travaille dans une librairie. Rosalie's Books. Ce n'est pas très loin d'ici ».

Il tendit le bras et se tourna pour montrer la direction à Randy. Cela expliquait en partie son teint pâle, s'il passait ses journées au milieu des bouquins… Mais en dehors de ça, il ne devait pas beaucoup sortir non plus. C'était plutôt difficile d'éviter le soleil quand on vivait à Los Angeles…

Randy se contenta de la réponse de Joe sans chercher à approfondir, ni à reparler musique : il n'avait aucune envie de le revoir se fermer comme il l'avait fait quelques instants auparavant.

Tandis que ce dernier observait l'étendue scintillante de l'océan, Randy contempla son profil. Son nez droit et fin accentuait la courbe délicate d'un sourcil en forme d'aile d'oiseau. De fines rides étaient rassemblées au coin de son œil, trahissant une maturité que le reste de son visage imberbe ne laissait pas deviner. Il avait un air adolescent, mais le pli imperceptible de ses lèvres et l'ombre qui hantait son regard montraient qu'il traînait un lourd passé derrière lui.

En plus de tout cela, Randy ne pouvait se défaire de cette impression de l'avoir déjà vu. Il restait persuadé de ne l'avoir jamais rencontré auparavant, mais cela ne faisait que renforcer l'intérêt qu'il portait soudain à ce jeune homme. Le fait d'être célibataire depuis près d'un an devait aussi peser dans la balance, à bien y réfléchir.

À ce moment-là, Jonathan se tourna vers lui et Randy eut à peine le temps de se détourner. Le portable lui fut tendu quelques instants plus tard, et il découvrit les mots suivants :

« Je ne comprends pas pourquoi tu es venu me parler. Personne ne le fait jamais, d'habitude… la plupart du temps, je suis invisible pour les gens. »

— Invisible ? À moins d'être aveugle, je ne sais pas comment on pourrait ne pas te voir, bon sang ! s'écria Randy.

Il avait dû s'exprimer avec un peu trop d'enthousiasme, parce que Joe lui adressa un regard étonné. Randy rit de lui-même et reprit :

— Hum, désolé. Tu n'es… tu n'es pas invisible pour moi, je peux te l'assurer. Et, euh… j'avais simplement envie de… faire connaissance ?

Ça sonnait comme une question mais c'était plutôt une sorte d'invitation – et il espérait que Jonathan y répondrait de façon positive.

« D'accord. C'est bizarre mais d'accord », écrivit ce dernier.

— Il n'y a rien de bizarre ! protesta Randy. OK, tu veux la vérité ? Tu me plais. Je te vois là depuis longtemps et aujourd'hui j'ai décidé de venir te parler, c'est tout.

Encore une fois, il n'avait pas su se taire. C'était aussi bien une qualité qu'un défaut, chez lui, il ne pouvait s'empêcher de s'exprimer quand il avait quelque chose à dire, peu importe la langue utilisée. Son franc-parler lui avait joué des tours parfois, mais cela avait aussi eu des avantages.

Joe ne semblait pas dérangé par son honnêteté, puisqu'il l'observait désormais avec un petit sourire… un sourire qui n'avait rien à voir avec celui d'un hétéro à qui l'on venait d'avouer son attirance, bien au contraire. Et le message-réponse qui suivit ne fit que clarifier encore la situation : « Tu n'es pas mal non plus ! ».

Randy en resta bouche bée quelques secondes, à la fois ravi et flatté. Il n'avait jamais été dragué par voie écrite, excepté quelques textos un peu chauds avec certains de ses exs, mais c'était loin de lui déplaire.

— Euh… merci, bredouilla-t-il enfin. Et… est-ce que par hasard, tu serais célibataire ?

Joe continua à sourire tandis qu'il hochait doucement la tête, avant de la baisser vers son téléphone. Le cœur de Randy fit un bond énorme dans sa poitrine, mais cela n'avait plus rien à voir avec les efforts de son sport matinal. Il inspira profondément avant de reprendre la parole, et ce fut ainsi que débuta entre eux une longue

conversation, aussi bancale et à moitié silencieuse soit-
elle.

S'APPRIVOISER

Une semaine plus tard, Randy était amoureux. C'était fou de le penser, encore plus de l'éprouver, mais c'était également impossible à maîtriser. Jonathan Redwood occupait toutes ses pensées, du soir au matin et du matin au soir, alors qu'ils n'avaient fait que discuter sur ce banc.

Certes, ils s'étaient vus presque tous les jours depuis le jeudi précédent, et ils avaient beaucoup appris l'un sur l'autre, mais il ne s'était rien passé de plus.

Ainsi, Joe avait vingt-sept ans, son chien s'appelait Fox parce qu'il ressemblait à un renard, il adorait la nourriture chinoise, il lisait au moins un livre par semaine et son deuxième prénom était Archibald – ils avaient ri mais l'anecdote était plutôt touchante, puisqu'il s'agissait du prénom de son grand-père maternel qui lui avait appris à jouer du piano quand il était gamin.

Joe avait donc réellement des doigts de pianiste, mais il s'était interrompu en parlant de ça et Randy était venu à son secours en changeant de sujet, conscient de la souffrance que cela réveillait en lui.

Il n'aurait pas su expliquer d'où ça venait, mais il pouvait sentir ses moindres changements d'humeur, et faisait de son mieux pour susciter ses sourires plutôt que provoquer sa peine. Tant que Randy ne parlait pas de musique et qu'il ne cherchait pas à en savoir plus sur son passé – du moins sur les quinze dernières années, puisqu'il évoquait souvent son enfance dans la banlieue de Boston –, Joe se montrait relativement serein, riant toujours à ses blagues et n'hésitant pas à le draguer quelques fois.

Il n'avait pas l'air d'être quelqu'un de très tactile ; ils ne s'étaient pas touchés une seule fois et encore moins embrassés, mais Randy s'en contentait pour l'instant. Il était hypnotisé par les yeux magnifiques de Joe, fasciné par sa bouche fine qui ne laissait échapper aucun autre son que des soupirs, et il rêvait de sentir ses mains fines partout sur son corps mais vraiment, il s'en contentait.

Joe avait un frère et une sœur ; son frère, Nickolas, était vétérinaire et il lui avait confié Fox un matin où il l'avait retrouvé abandonné, attaché à la grille de sécurité de la clinique où il travaillait. Ils s'étaient adoptés l'un l'autre : Joe en recueillant le chien et ce dernier en veillant jalousement sur lui.

Au bout du troisième matin où il avait rejoint Jonathan sur le banc, Randy avait compris pourquoi la langue des signes était une façon plus facile pour lui de communiquer. Il entendait parfaitement bien, mais devoir écrire ses réponses perturbait le rythme et la spontanéité de leurs échanges.

Parfois, il arrivait à Joe de répondre machinalement par des gestes, avant de s'excuser et de taper ce qu'il avait voulu dire. Randy n'y comprenait rien, mais il avait suivi son instinct et n'avait pas demandé à Jonathan de précision sur son mutisme. Cela devait durer depuis assez longtemps pour qu'il maîtrise aussi bien la langue des signes – peut-être avait-il toujours été ainsi.

Randy s'en fichait pas mal. Il avait appris à parler des langues du monde entier, il apprendrait celle-là aussi. D'ailleurs, il avait fini par acheter une sorte de dictionnaire des signes, et ses deux dernières soirées avaient été consacrées à toutes sortes de recherches à ce sujet sur Internet. Il était certain de pouvoir maîtriser les bases rapidement, si seulement il arrivait à se concentrer sur autre chose que son envie de revoir Joe le plus vite possible à chaque fois qu'il se séparait de lui.

Il n'avait jamais éprouvé ça auparavant, ou alors rien d'aussi intense. Même si c'était effrayant, Randy était parfaitement en accord avec cette sensation. Elle le faisait se sentir plus vivant que d'habitude, et c'était agréable. C'était ce qui lui avait manqué jusque-là, il le réalisait désormais.

Le vendredi matin, lorsqu'il rejoignit Joe sur le banc, il esquissa maladroitement les gestes : la main droite partant du bas de la bouche pour aller vers l'avant, en murmurant :

— Bonjour…

Jonathan haussa les sourcils d'étonnement, avant de sourire et de sortir les mains de ses poches pour lui répondre. Ses gestes étaient fluides et gracieux, mais Randy ne comprit pas un traître mot. Il n'avait retenu que quelques termes essentiels, n'ayant pas encore l'habitude d'utiliser ses mains pour apprendre un langage.

— Euh…, fit-il sans cacher son embarras. Désolé, je n'ai pas encore avalé tout le bouquin.

Comme Joe l'interrogeait du regard, Randy expliqua :

— J'ai acheté une sorte de dictionnaire. Pour apprendre…

Il se sentit rougir, comme cela lui arrivait souvent depuis qu'il côtoyait Jonathan. Ce dernier l'observa longuement, une expression étrange sur le visage.

— Désolé, est-ce que ça t'embête ?

Joe récupéra son portable pour répondre. Il avait l'air bouleversé tandis qu'il se concentrait sur son écran. Randy le fut tout autant lorsqu'il découvrit la réponse : « Pas du tout, au contraire. C'est juste que personne n'avait jamais fait ça pour moi… ».

— Personne ? répéta Randy. Ce n'est pas possible ! Ta famille… tes amis ?

Avec un pauvre sourire, Jo reprit son téléphone.

« Mes parents sont toujours à Boston, on correspond par email. Il n'y a que mon frère ici, il a appris en même temps que moi. Et mes amis… je crois que je n'en ai plus beaucoup, en réalité… »

— Je suis désolé pour toi, répondit Randy.

« C'est la vie… »

La phrase était laconique, mais Joe n'était pas aussi détaché qu'il voulait le laisser croire : la douleur dans son regard ne pouvait tromper personne. Du moins, elle ne trompait pas Randy, qui se sentit encore plus désireux de l'aider, de le faire rire, d'être à ses côtés.

Il y avait un mystère qui entourait Joe, un mystère qui se révélait plus insondable à chaque fois qu'il croyait pouvoir déceler quelque chose. Cela devait faire fuir beaucoup de monde, mais lui avait envie de rester. Parce qu'en dehors de ça, Joe était drôle, attachant, et très cultivé. Tout ce que Randy cherchait chez un homme, sans compter que son inconnu préféré avait un physique à tomber par terre.

« Merci », écrivit Joe sur son téléphone posé entre eux. Il imita le geste qu'avait fait Randy en arrivant, mais ce dernier remarqua que l'inclinaison de la main était légèrement différente.

— Oh, ça veut dire merci ? comprit Randy. Mais tu n'as pas à me remercier, je…

Il ne termina pas sa phrase, certain qu'il en dirait un peu trop sur ce qu'il éprouvait. Il ne voulait pas faire peur à Jonathan en précipitant les choses, mais il devait tout de même agir s'il souhaitait aller un peu plus loin avec lui.

Ce fut pour cette raison qu'il demanda, presque timidement :

— Est-ce que tu accepterais qu'on dîne ensemble, ce soir ? Je connais un resto chinois succulent !

Le visage de Joe s'éclaira d'un sourire, à la fois assez radieux pour que Randy comprenne qu'il avait marqué un point, et assez bref pour qu'il réalise que ce n'était pas encore gagné. Joe sembla hésiter, puis il saisit finalement son portable pour lui donner une réponse :

« J'aimerais beaucoup… C'est très gentil à toi. Mais… ce n'est pas très pratique, tu vois ? Devoir te répondre par messages… Tout le monde va nous regarder et je ne veux pas que tu aies honte. »

Randy releva brusquement la tête en lisant les derniers mots, indigné.

— Avoir honte ? Jamais de la vie ! Bon sang, c'est pas de ta faute, et tu…

Il s'interrompit en voyant Joe se lever d'un bond.

— Où est-ce que tu vas ? Hé, attends !

Randy se leva à son tour et se planta devant Joe, qui fuyait son regard. Il semblait au bord des larmes et tremblait de tout son corps malgré la chaleur du soleil et l'épaisseur de ses vêtements.

— Qu'est-ce qui ne va pas ? l'interrogea Randy, plus que soucieux désormais.

Joe ne pouvait pas répondre, il avait laissé son téléphone sur le banc. Alors Randy osa faire ce dont il avait eu envie toute la semaine sans pour autant se lancer : il ouvrit ses bras et les referma sur le corps mince de Jonathan, l'entourant entièrement.

Si au début Joe se raidit de surprise, il finit par se laisser aller dans cette étreinte, avec une sorte de soulagement. Randy le garda longuement contre lui, jusqu'à ce que ses tremblements s'apaisent. Après quoi, il le fit se reculer puis posa une main bronzée sur sa joue pâle et déclara :

— J'ai une meilleure idée. Ils font aussi des plats à emporter, alors on peut acheter ce qu'on veut et aller le manger chez moi, ou chez toi… ou même ici, pourquoi pas ? Qu'est-ce que tu en dis ?

Le regard brillant de reconnaissance de Joe fut plus expressif que n'importe quelle réponse parlée, signée ou écrite.

~

Ils firent donc comme Randy l'avait proposé.

Le jour convenu, il rejoignit Joe à la librairie, où il fit la connaissance de Rosalie, la propriétaire de la charmante petite boutique qui se montra aussi surprise que ravie du « rendez-vous galant » de Joe.

Ce dernier avait troqué son éternel sweat contre un polo bleu marine et une veste sombre qui, en plus de son jean et de ses bottines Dr Martens, lui donnaient l'allure d'une rock-star.

Randy s'était changé, lui aussi, et heureusement puisqu'il était le plus souvent en tenue de sport lorsqu'ils se voyaient le matin. Il portait un pantalon en toile beige ajusté ainsi qu'une chemise bleue pâle qui mettait en valeur son teint hâlé. Il avait coiffé ses cheveux blonds et se savait plutôt mignon, mais ce n'était rien comparé à la beauté époustouflante de Joe.

Le visage fin de celui-ci aurait fait baver de jalousie les plus belles sculptures de la Renaissance, et son corps mince avait des courbes plus qu'appréciables – notamment une chute de reins dont Randy peinait à détourner le regard. S'il avait aperçu ça plus tôt, et s'il avait su quelle personnalité attirante le jeune homme cachait, il serait allé lui parler depuis bien longtemps !

Comme prévu, ils achetèrent des plats à emporter dans le restaurant chinois que connaissait Randy et optèrent pour leur banc favori afin d'y déguster leur repas.

Le soleil se couchait lentement sur l'océan et baignait les cieux de magnifiques lueurs roses et orangées. Ils n'auraient pas pu rêver d'un meilleur cadre pour leur premier rendez-vous ; et c'était finalement beaucoup plus agréable que d'être enfermés dans un restaurant, au milieu du brouhaha des conversations.

Ils disposèrent les emballages de nourriture au milieu du banc et s'assirent en tailleur de part et d'autre, face à face, comme des adolescents. Ils passèrent toute la soirée à discuter, avec l'aide du portable de Joe et du livre de signes que Randy avait emporté avec lui afin de poursuivre son apprentissage.

L'atmosphère était tiède et paisible, remplie d'embruns marins et de légers bruits, comme si la ville s'accordait quelques minutes de répit. Ils étaient si absorbés par leur conversation qu'ils ne virent pas le soleil disparaître complètement à l'horizon ni la nuit tomber.

Randy n'avait pas passé de soirée aussi agréable depuis longtemps. Lorsqu'il en fit part à Joe, celui-ci lui répondit, avec un sourire à le faire frémir de bonheur, qu'il en était de même pour lui.

Plus tard, Randy raccompagna Joe à sa voiture, qui était stationnée près de la librairie. Au moment où ils s'apprêtaient à se saluer un peu maladroitement, le premier s'entendit murmurer :

— J'ai envie de t'embrasser.

Il tremblait autant de désir à cette idée que de peur de brusquer Joe et de le voir s'éloigner de lui, alors qu'il avait été si proche et si ouvert durant toute la soirée.

Mais Joe ne fit rien de cela, pas plus qu'il n'esquissa un signe de tête ou un mouvement pour attraper son téléphone. Il resta parfaitement immobile, le dos appuyé contre sa voiture ; dans la pénombre ambiante, ses yeux clairs semblaient briller de mille feux.

Randy prit cela pour un oui. Il l'espéra de toutes ses forces tandis qu'il s'approchait de Joe, qu'il posait doucement une main sur sa nuque, qu'il inclinait son visage vers le sien… et il oublia tous ses doutes lorsque leurs lèvres entrèrent enfin en contact.

Leur baiser fut à la fois doux et déchirant, chaste et rempli de désir ; un déferlement de sensations aussi retenu qu'explosif, comme si quelque chose était entré en fusion à l'intérieur de leurs cœurs et ne demandait plus désormais qu'à s'étendre au reste de leurs corps.

Ils se détachèrent à regret l'un de l'autre, le souffle court, la tête dans les étoiles. Aucun des deux n'avait prévu l'intensité de ce baiser, et ils en furent si étonnés qu'ils ne purent que se regarder en souriant.

« Merci », signa une fois de plus Joe, alors qu'il l'avait déjà répété toute la soirée. Il y avait du bonheur dans ses yeux, mais encore tant de peines…

Randy lui effleura tendrement la joue en guise de réponse.

Il était prêt à lui offrir bien d'autres soirées semblables, bien d'autres baisers.

Tout ce que Joe pourrait vouloir, à vrai dire, pour qu'un jour il ne reste plus que le bonheur dans ses belles prunelles d'azur, et que toutes les peines aient disparu…

ABSENCE

Le lendemain matin, Randy sauta l'étape course à pied pour aller directement rejoindre Jonathan. Le souvenir de leur baiser était si fort qu'il pouvait encore deviner la sensation des lèvres du jeune homme contre les siennes. Il n'avait qu'une hâte : l'embrasser à nouveau.

C'était la première fois qu'il était si impatient de revoir un homme, aussi sa déception fut de taille lorsqu'il découvrit que leur banc favori était vide. Cela paraissait contre-nature : Randy avait tant vu Joe assis là que son absence laissait un vide dans le paysage.

Il tenta de se rassurer en se disant qu'il était en avance par rapport aux jours précédents, que Joe n'était peut-être pas encore arrivé…

Mais il eut beau attendre, ce dernier ne se montra pas. Cela paraissait de mauvais augure compte tenu de ce qui s'était passé entre eux la veille.

Peut-être qu'en réalité, il n'avait pas apprécié le baiser autant que Randy. Peut-être qu'il ne voulait plus le voir, et que c'était une façon subtile de le lui faire comprendre, puisqu'ils ne s'étaient toujours retrouvés qu'à cet endroit-là.

Randy aurait voulu rester raisonnable et ne pas y accorder trop d'importance, mais c'était perdu d'avance. Il ne connaissait Joe que depuis une dizaine de jours et s'inquiétait déjà – un peu tard pour réfléchir à son implication dans cette relation. Il avait la réaction d'un adolescent. C'était ridicule, mais il était incapable de maîtriser ses sentiments.

Randy se décida à partir au bout de deux heures, parce qu'il savait que Joe ne venait jamais plus tard que ça, qu'il travaille ou non. Dès qu'il commençait à y avoir un peu trop de monde sur l'avenue, il préférait s'en aller. C'était presque effrayant de voir à quel point il avait retenu les habitudes du jeune homme en si peu de temps.

Randy rentra directement chez lui et passa le reste de la journée à se demander pourquoi Joe n'était pas venu. Il tenta de se rappeler s'il lui avait dit quelque chose à ce sujet, la veille, mais il lui semblait que non.

Il était venu sur ce banc tous les jours depuis plus longtemps que Randy ne pouvait se souvenir, lui qui n'était à Los Angeles que depuis six mois. Si Joe décidait de ne pas se montrer justement à ce moment-là, après leur baiser, cela devait bien signifier quelque chose.

Dans l'après-midi, Randy envoya valser l'épreuve du roman français qu'il était censé traduire et les lunettes qu'il portait pour travailler. Impossible de se concentrer.

Il regrettait d'être parti, de ne pas avoir attendu plus longtemps. Et si Joe n'avait eu qu'un contretemps, qu'il était venu et qu'il ne l'avait finalement pas trouvé, lui ?

Il était très sensible, et Randy l'avait assez côtoyé pour deviner que cela le blesserait.

N'y tenant plus, il prit ses clés de voiture et quitta son appartement. Il préférait gâcher une journée de travail plutôt que sa relation, ou peu importe ce que c'était, avec Jonathan.

À cause de la circulation, il lui fallut près de quarante minutes pour rejoindre *Rosalie's Books*. Il gara sa voiture et hésita trois bonnes minutes avant d'oser entrer dans la boutique, puis se décida finalement.

L'atmosphère y était calme et feutrée ; seules deux jeunes femmes chuchotaient près du rayon de littérature romantique. Rosalie s'affairait derrière son comptoir, mais aucune de trace de Joe nulle part. Randy était entré discrètement, et il dut s'éclaircir la gorge pour qu'elle s'aperçoive de sa présence.

— Bonjour, déclara-t-elle machinalement, sur un ton professionnel.

Elle leva enfin les yeux et, le reconnaissant, le salua plus chaleureusement.

— Oh, Randy, c'est bien ça ?

Comme il hochait la tête, elle ajouta :

— Si vous cherchez Joe, il n'est pas là. C'était calme aujourd'hui, alors je l'ai libéré plus tôt !

— Oh, d'accord…

— Vous semblez déçu, mon garçon. Remarquez, ça peut se comprendre, si vous l'attendiez… Jonathan est vraiment quelqu'un de formidable, hein ?

Sans même attendre qu'il ouvre la bouche, elle continua à bavarder, faisant les questions et les réponses. Le mutisme de Joe ne devait pas être un problème entre eux : elle parlait pour deux !

C'était une femme d'une soixantaine d'années, avec de longs cheveux gris et des yeux couleur chocolat. Il se dégageait d'elle tant de sympathie qu'on se sentait immédiatement à l'aise en sa présence. Elle conclut son interminable tirade par une question tout aussi longue :

— Votre soirée s'est bien passée, hier ? Pardonnez ma curiosité, mais cela me fait tellement plaisir qu'il sorte un peu… Depuis trois ans qu'il travaille ici, je ne l'ai jamais entendu parler de quelqu'un d'autre que son frère, ou sa mère parfois ! Il passe son temps à lire. Je ne dis pas que c'est mal, au contraire – les livres sont de très bons amis. Mais parfois, on a aussi besoin de compagnie humaine, n'est-ce pas ? Ça s'est bien passé ? répéta-t-elle.

— Heu… oui, répondit seulement Randy.

— Vous n'avez pas l'air convaincu, mon garçon.

— Si, si, ça s'est très bien passé mais… je n'ai pas de nouvelles. Je pensais le voir ce matin…

Rosalie jeta un coup d'œil aux jeunes femmes qui n'avaient pas bougé et baissa un peu la voix.

— Oh, vous savez, vous allez devoir être patient avec Joe. Il est très sensible, fragile. Il faut lui laisser le temps, vous voyez ? Et tâchez de ne pas trop vous inquiéter, il peut paraître bizarre au premier abord mais c'est vraiment quelqu'un de bien.

Elle lui adressa un sourire rassurant, consciente que ses paroles n'avaient certainement pas beaucoup aidé Randy. L'arrivée de nouveaux clients mit un terme à leur conversation, il la remercia avant de prendre congé. Il repartait bredouille, et à peine plus informé qu'auparavant.

À tout hasard, il marcha jusqu'au banc, mais celui-ci était occupé par une horde d'adolescents. Il y avait du monde sur l'avenue, encore plus sur la jetée de Santa Monica. Aucune chance que Joe se montre, à moins que tout ce qu'il avait appris de lui jusque-là n'ait été que des mensonges.

Randy resta encore quelques minutes dans le coin puis rentra chez lui, encore plus tourmenté. Il sentait que quelque chose clochait dans toute cette histoire, mais il était incapable de trouver quoi.

Et cela le perturbait sérieusement.

Il ne cessa d'y penser durant le reste de la soirée, puis le lendemain après être revenu attendre près du banc. Joe ne se montra pas plus que le samedi, et Randy espérait qu'il allait bien, que rien ne lui était arrivé.

Il se maudissait de ne pas lui avoir demandé son numéro de téléphone ou son email. De tous les moyens de communication qui existaient, aucun n'était à même de lui donner des nouvelles de Jonathan. C'était de sa faute, mais ça n'en restait pas moins terriblement frustrant !

Comme il ne connaissait pas non plus son adresse, Randy ne pouvait pas lui rendre visite. Il dut prendre son mal en patience jusqu'au lendemain, s'efforçant d'avancer la traduction du manuscrit qu'il avait négligée jusque-là.

Le lundi matin, il partit à son heure habituelle pour faire sa course à pied, même si l'idée d'aller directement vers le banc le démangeait.

Quand il arriva finalement, il fut encore plus déçu que les jours précédents en constatant que le banc était toujours désert. Il patienta quelques temps puis perdit patience et rentra chez lui, furieux de gâcher son temps et surtout d'avoir cru que Joe et lui partageaient quelque chose de spécial.

Après une journée de travail intensive, il était assez épuisé pour ne plus ressentir de colère, seulement de la déception, un peu de peine, et un dernier reste d'espoir. Voulant en avoir le cœur net, il mit une nouvelle fois le cap sur la librairie et resta à bonne distance de celle-ci, pour voir sans être vu.

Au bout d'un long moment, il finit par apercevoir la silhouette de Joe à l'intérieur. Randy en soupira de soulagement, se rendant compte qu'il s'était vraiment trop inquiété pour lui. À présent, il n'avait plus qu'à attendre qu'il ait terminé sa journée pour lui demander des explications.

Vers dix-neuf heures, Jonathan sortit de la librairie, la tête basse et les mains dans les poches de son jean. Tout de noir vêtu, il était toujours aussi séduisant – Randy sentit toutes les incertitudes des derniers jours s'effacer d'un seul coup tant il était sous le charme.

Avant que Joe ne parvienne à sa voiture, Randy s'approcha de lui.

— Salut, murmura-t-il lorsqu'il fut à sa hauteur.

Il guetta la réaction de Jonathan, mais ce dernier parut seulement étonné. Il esquissa le signe pour le saluer en retour, fuyant un peu son regard mais ne pouvant visiblement pas retenir un petit sourire.

— Je me demandais où tu étais passé, souffla Randy sans détours.

Joe rougit et baissa la tête. Randy attendit, le cœur battant à tout rompre. Jonathan finit par sortir son portable de sa poche pour écrire quelques lignes.

« Je sais… Je suis désolé. Je ne sais pas ce qui m'a pris… Désolé. »

À nouveau, Randy soupira de soulagement.

— Ce n'est pas grave, chuchota-t-il. Est-ce que tu as un moment ?

Joe approuva d'un hochement de tête. La rue était relativement calme, alors ils ne bougèrent pas, s'appuyant seulement contre la voiture de Joe. C'était une berline flambant neuve, et Randy se demanda comment Joe avait pu s'offrir un tel luxe avec son petit salaire de libraire. Mais après tout, ce n'étaient pas ses affaires.

Il prit une grande inspiration et posa enfin la question qui l'avait hanté tout le week-end :

— Est-ce que… tu veux qu'on continue à se voir ?

Joe n'hésita pas avant de répondre d'un signe de tête affirmatif, comme s'il avait attendu la question et qu'il s'y était préparé. Malgré tout, son expression restait triste et incertaine.

— Écoute, fit Randy, je suis désolé pour l'autre soir. Je n'avais pas prévu de t'embrasser, c'est juste venu… tout seul.

Joe le contempla pensivement, puis répondit : « Ne le sois pas… c'était génial… ».

Randy sentit son cœur faire un bond et sourit largement.

— Tu peux me dire les…, commença-t-il.

Ses propres mots le firent rougir, parce que techniquement, Joe ne pouvait pas dire les choses. Mais ce dernier se mit à rire et lui fit comprendre de continuer.

— Tu peux me dire les choses, n'aie pas peur d'être franc avec moi, reprit Randy. Il faut me prévenir si tu préfères que ça aille lentement, ou si tu ne veux pas… sortir avec moi ?

Il ne manqua pas le sourire attendri de Jonathan, avant qu'il ne penche la tête vers son portable.

« Je veux bien sortir avec toi… c'est juste que ça me fait flipper. C'est pour ça que je ne suis pas venu ce week-end. J'avais peur, et il me fallait réfléchir à tout ça. Désolé… je suis un peu bizarre, comme mec. Je ne comprends pas vraiment ce que tu me trouves mais tu n'as pas l'air d'être déjà lassé de moi… alors ouais, je veux sortir avec toi. »

— Bien. C'est tout ce que je voulais savoir, conclut Randy avec un nouveau sourire.

Ils discuteraient du reste plus tard. Pour l'instant, il avait seulement envie de serrer Joe dans ses bras, et c'est ce qu'il fit.

Peut-être imagina-t-il le petit soupir que laissa échapper Jonathan, ou peut-être qu'il venait de lui, en réalité… toujours est-il que le bien-être qu'il ressentait n'était pas une illusion, bien au contraire. C'était ce dont il avait eu besoin jusque-là, et Randy voulait que cela dure le plus longtemps possible.

Il finit cependant par relâcher Joe, qui recula lentement. Il semblait moins apeuré désormais, il ressemblait à une créature sauvage que Randy aurait commencé à apprivoiser.

— Est-ce que ça va ? lui demanda-t-il alors.

Joe lui adressa un sourire. Il empoigna son téléphone et tapa : « Mieux. J'avais peur de te revoir mais en même temps… Tu me manquais. Je suis désolé. J'essaierai de faire en sorte que ça n'arrive plus ».

— Ne t'en fais pas.

« Si. Je sais que ce n'est pas facile à comprendre, parce que moi-même je ne me comprends pas toujours. Il s'est passé certaines choses dans ma vie et… je ne m'en suis pas vraiment remis. Je ne sais pas si je m'en remettrai, d'ailleurs. Du coup, je ne suis pas très doué pour entretenir des relations… »

— Est-ce que tu veux me raconter ? lui demanda Randy d'une voix douce.

Joe le regarda anxieusement, mais finit par secouer la tête de gauche à droite. Ce n'était pas un refus catégorique, plutôt un « pas pour le moment » – Randy le comprit à l'expression sur son visage. Et à vrai dire, il n'était pas pressé. Il pouvait faire l'effort d'attendre, maintenant que Joe avait réellement accepté de sortir avec lui.

« Je n'ai pas ressenti ça depuis longtemps mais… je suis bien avec toi. Même si ça me fait peur, je n'ai pas envie que ça s'arrête », lui fit ensuite lire Joe.

Randy sentit son cœur rater plusieurs battements, et il ne put s'empêcher de sourire bêtement. Parfois, il avait réellement l'impression d'être revenu quinze ans en arrière !

— Moi aussi, je suis bien avec toi, murmura-t-il en caressant la joue de Joe du bout des doigts.

Il y avait énormément de tendresse dans sa voix, autant que dans son geste, et Randy fut le premier à s'en étonner. Il ne se rappelait pas s'être déjà comporté ainsi avec un autre homme, mais Joe avait quelque chose de plus. Il lui donnait envie de le protéger, de prendre soin de lui…

Ce qu'il éprouvait pour lui n'était pas seulement du désir physique, il y avait quelque chose de plus profond ; des détails et des regards qui avaient touché son cœur et qui le faisaient se sentir très proche de lui, comme s'ils se connaissaient depuis plus longtemps que ce n'était le cas.

— Tu seras là demain matin ? demanda Randy. Super, ajouta-t-il comme Joe hochait la tête. J'aime vraiment venir courir ici, maintenant !

Joe se mit à rire, ses yeux clairs pétillant de joie. Il était vraiment magnifique quand il souriait, presque éblouissant. Mais il avait aussi de grands cernes sous les yeux, comme s'il n'avait pas dormi du week-end.

Est-ce qu'il a eu peur à ce point-là ? se demanda Randy. Il avait l'impression de déjà connaître la réponse. Ça aurait sans doute dû l'alarmer, pourtant rien ne semblait pouvoir ébranler ce qu'il ressentait déjà pour Jonathan.

Ce dernier, après l'avoir longuement contemplé, écrivit alors sur son portable : « Merci d'être venu ». Randy lui sourit et déclara :

— Alors je te dis à demain. Essaie de te reposer et de ne pas trop t'en faire, tu veux ? On… on ira à ton rythme.

Joe eut un nouveau hochement de tête. Il paraissait ému, mais Randy se détourna avant de craquer et de se remettre à l'embrasser. Il n'était pas certain de pouvoir s'arrêter s'il commençait, ce qui ne correspondrait plus trop aux phrases qu'il venait de prononcer.

Alors qu'il commençait à s'éloigner, Joe signa quelque chose. Ses deux mains s'agitèrent rapidement de haut en bas au niveau de son torse, les doigts recourbés vers lui, puis il lui sembla qu'il levait le pouce dans sa direction.

— Attends, quoi ? s'écria-t-il car il n'avait rien compris.

Mais Jonathan se contenta de lui adresser un large sourire.

— Ah, je dois trouver tout seul, c'est ça ?!

Joe approuva de la tête en riant silencieusement. Ils se séparèrent ensuite et rentrèrent chez eux, chacun gardant en mémoire le sourire de l'autre pour l'accompagner durant toute la soirée.

Comme il avait du mal à s'endormir, Randy parcourut son livre de signes pour tenter de comprendre ce que Joe lui avait mimé. Cela lui prit un peu de temps, et il n'était pas tout à fait certain d'avoir bien retenu les gestes du jeune homme, mais cela semblait vouloir dire « j'ai hâte d'être à demain ».

C'était suffisant pour qu'il efface de sa mémoire ce long week-end d'absence. Il savait que Jonathan avait en lui des blessures, que leur histoire ne serait sans doute pas facile. Mais ce qu'il éprouvait était réel et sincère, il se sentait prêt à déployer des trésors de patience pour lui.

Randy était arrivé à un moment de sa vie où il n'avait plus à s'en faire pour sa carrière : il s'y était consacré pendant des années et pouvait désormais laisser les choses se faire. Sa priorité était de se concentrer sur une nouvelle relation pour en faire quelque chose de sérieux, ancré en l'avenir. Penser à Joe de cette façon était peut-être précipité, mais il ne pouvait s'en empêcher.

Jonathan semblait avoir besoin de quelqu'un de solide, de stable… et il pouvait être cette personne. Il le sentait au fond de lui, même s'il ignorait ce qui le poussait irrésistiblement vers Joe. Il ne voulait d'ailleurs pas le savoir : ne disait-on pas que l'amour n'avait aucune règle, aucune limite ? Il n'y avait qu'à le laisser faire, et les deux hommes verraient où cela les conduirait. Si ce n'était pas de l'amour, alors les choses s'arrêteraient d'elles-mêmes au bout d'un moment.

Mais ce trouble que ressentait Randy quand il voyait Joe ou pensait seulement à lui, sa façon de rougir ou de trembler selon ce qu'ils se disaient ou faisaient, son envie de prendre soin de lui, de le guérir, et ce désir irrépressible qui fourmillait sous sa peau étaient autant de signes que l'amour était déjà bien présent, du moins de son côté.

Avant de finalement s'endormir, il pensa à l'étincelle qui brillait dans les yeux de Joe quand il avait exprimé sa hâte d'être au lendemain. Si ce n'était pas de l'amour, alors ça y ressemblait fortement.

LES BAISERS

Le lendemain matin, Jonathan était de retour sur le banc, accompagné de deux gobelets de café. Il sourit largement à Randy, qui le remercia en disant, après en avoir avalé une gorgée :

— Super, il est juste comme j'aime !

Il était touché que Joe ait retenu ses préférences, évoquées la semaine précédente au cours de l'une de leurs longues conversations. Ils s'étaient avérés aussi accro l'un que l'autre au café, mais si Jonathan préférait ajouter du lait, Randy le buvait toujours noir, avec un peu de sucre.

— Ça va ? s'enquit-il, toujours soucieux du bien-être du jeune homme.

Le hochement de tête de Jonathan fut ferme et assuré. Il regardait Randy droit dans les yeux, comme s'il voulait le convaincre de sa présence après la distance qu'il avait mise entre eux durant les trois derniers jours.

Randy aimait le voir ainsi, même s'il avait parfois du mal à soutenir l'intensité de son regard.

Ils burent leur boisson chaude en discutant comme ils en avaient pris l'habitude : Randy oralement et Joe en mélangeant messages et signes.

Si au début il y avait eu quelques moments de gêne, ce n'était plus le cas désormais – et quand les mots ou les signes flanchaient, les regards et les sourires prenaient le relai parce qu'ils se comprenaient aussi bien comme ça. C'était comme s'il n'y avait pas eu d'interruption dans leur petit rituel, même si Joe s'excusait encore parfois.

Un peu avant dix heures, il se leva pour aller travailler. Randy l'imita, et ils restèrent debout quelques secondes sans savoir quoi faire.

Joe leva alors ses mains devant lui, le bout de ses doigts regroupés de façon à ce qu'ils se touchent entre eux. D'un mouvement rapide, il fit rejoindre ses deux mains.

— Euh…, murmura Randy devant ce geste qu'il n'avait encore jamais vu.

Joe répéta le signe, puis posa son index sur les lèvres de Randy avant de faire de même sur les siennes.

— Oh, je crois que j'ai compris !

Randy s'appliqua à faire le mouvement, puis se pencha vers Joe pour effleurer ses lèvres d'un baiser. C'était chaste, pudique, mais ce fut suffisant pour mettre son cœur en émoi.

— C'est bien ça ? demanda-t-il à Joe.

Ce dernier acquiesça d'un signe de tête, souriant malicieusement.

— Je devrais peut-être recommencer, suggéra Randy, amusé. Pour être sûr de bien retenir, tu vois ?

Joe eut un rire silencieux. C'était exceptionnel de voir les émotions passer dans son regard, plus évidentes encore que s'il les avait évoquées à voix haute.

Randy exécuta à nouveau le geste puis posa une main sur la joue de Joe pour l'embrasser plus longuement. Ils retrouvèrent l'intensité de leur premier baiser, celle qui avait le pouvoir de précipiter leurs battements de cœur et les laisser tremblants de désir.

Ils ne séparèrent leurs lèvres que pour mieux les faire se retrouver ; Jonathan entrouvrit alors les siennes pour permettre à Randy d'y glisser sa langue. Il explora sa bouche avec timidité, en savourant la douceur, la chaleur, et le goût de café qui s'y épanouissait encore.

Lorsqu'ils mirent fin à ce baiser, Randy avait les doigts enfouis dans les cheveux châtains de Joe, et ce dernier s'accrochait à son t-shirt comme s'il avait peur de tomber. Ils se regardèrent, surpris de se retrouver ainsi alors qu'ils n'avaient même pas eu conscience de bouger.

— OK, euh…, chuchota Randy.

Il retira lentement sa main pendant que Joe lâchait son t-shirt mais gardait les doigts posés sur son torse. Ce simple contact était si bon que Randy s'avança machinalement pour l'accentuer.

— On mange ensemble, ce soir ? Je ne suis pas sûr de pouvoir attendre demain matin pour te revoir.

Joe appuya sa tête près de sa main, sur le torse de Randy. Il était plus petit que lui, son front arrivant seulement au niveau de ses clavicules. Mais Randy, tellement bouleversé par ce qu'il éprouvait, se sentit pourtant minuscule.

Quand Jonathan releva la tête, il avait les yeux brillants et les pommettes rouges, ce qui colorait joliment son visage. Il récupéra sa main pour écrire : « D'accord, avec plaisir. On fait comme l'autre fois ? ».

Il y avait tant d'espoir et de joie dans ses yeux que ce fut au tour de Randy d'être incapable de parler. Il acquiesça silencieusement. Joe aurait pu lui demander n'importe quoi, il aurait accepté quand même, parce qu'il se sentait prêt à tout pour revoir cette expression sur son visage.

Lorsqu'il retrouva enfin l'usage de la parole, sa voix était un peu rauque :

— Je viendrai t'attendre à la librairie. Travaille bien !

Ils échangèrent un sourire, puis Randy regarda Joe reculer et s'en aller. Sa silhouette était frêle pour un homme, mais il n'en dégageait pas moins une aura qui attirait l'attention.

Randy l'avait remarquée la première fois qu'il avait aperçu Joe, puis il avait eu l'impression de le reconnaître en découvrant son visage. Il n'était pas amoureux de lui à ce moment-là, ce n'était donc pas ça qui avait faussé son jugement. À moins que…

Et si Joe était son âme-sœur, ou quelque chose du genre ? Randy n'avait jamais adhéré à ces histoires, mais quand il s'agissait de Jonathan, rien ne semblait impossible. Il était même prêt à revoir toutes ses croyances !

Quand il se rendit compte de ce à quoi il songeait, Randy secoua la tête et se réprimanda à voix haute :

— Ça suffit, tu deviens ridicule !

Il reçut un coup d'œil soupçonneux de la jeune femme qui passait près de lui à ce moment-là.

— Je suis amoureux, lui expliqua Randy en guise d'excuses.

Elle le regarda d'un air carrément méfiant, pressant le pas pour s'éloigner.

— Pas de vous, précisa-t-il, s'enfonçant davantage. Zut, désolé !

Mais elle était désormais trop loin pour l'entendre. Se mettant à rire, Randy quitta à son tour les lieux pour rejoindre sa voiture. Il souriait encore quand il arriva chez lui. L'amour le rendait visiblement plus crétin qu'il ne l'avait jamais été, mais qu'est-ce que c'était bon !

~

La soirée et les jours qui suivirent furent les plus heureux que Randy ait jamais vécus.

Chaque instant passé avec Joe était un bonheur, même quand ils ne parlaient pas ou ne faisaient rien de spécial. Le fait que Joe semble partager ce sentiment était encore plus précieux que tout le reste.

Il y avait des moments où il semblait penser à quelque chose de déplaisant et se renfermait, des phrases que prononçait Randy qui le mettaient mal à l'aise, le rendaient triste ou furieux, mais ils oubliaient ça tous les deux dès que l'un faisait rire l'autre ou qu'ils s'embrassaient.

Et ils s'embrassèrent très souvent.

Il y avait les baisers du matin pour se dire bonjour, et ceux avant de se séparer, quand Joe partait à la librairie ou qu'ils rentraient chez eux le soir. Il y avait les petits baisers qui émaillaient leurs conversations et ceux, plus sensuels, qu'ils prenaient le temps d'échanger lorsqu'ils n'avaient rien à se dire. Il y avait les baisers-merci quand l'un ramenait du café à l'autre, les baisers-récompense quand Randy retenait de nouveaux signes, et, ceux que Joe préférait, les baisers-chatouilles que Randy adorait lui faire dans le cou.

Il y eut aussi des baisers sucrés lorsqu'ils s'achetèrent des glaces sur la jetée de Santa Monica, et les baisers gorgés de soleil et de sel marin quand ils allèrent s'allonger sur la plage, un après-midi que Joe avait quitté la librairie plus tôt…

Des baisers à n'en plus finir, et justement, ils n'avaient aucune intention de s'arrêter.

Ils avaient enfin échangé leurs numéros de téléphone, pour se donner rendez-vous plus facilement et s'écrire autant qu'ils le souhaitaient. Ils le faisaient parfois jusque tard dans la nuit, ou quand Joe n'avait pas trop de travail à la librairie.

Cette semaine-là, Randy eut beaucoup de mal à se concentrer sur le roman qu'il devait traduire – heureusement qu'il avait un délai assez long. C'était bien pratique de travailler de chez lui, il pouvait s'organiser comme bon lui semblait et libérer autant de temps qu'il voulait pour le passer avec Joe, quitte à travailler la nuit.

Du mardi au vendredi, ils se virent le matin avant que Joe n'aille à la librairie et le soir dès qu'il avait terminé. Le jeudi, Jonathan emmena son chien pour le balader parce qu'il commençait plus tard que d'habitude. Randy se prit aussi d'affection pour Fox, qui le lui rendit à grand renfort de jappements et de coups de langue.

Il accompagna Joe chez lui pour y déposer le chien avant de repartir travailler, et le jeune homme en profita pour lui faire rapidement visiter sa maison. C'était un adorable petit pavillon déposé dans un jardin tout aussi charmant – Randy rit beaucoup en voyant la plaque en métal accrochée au portillon, qui disait en français « Attention, chien bizarre ».

— Tu es bizarre, toi ? lança-t-il à Fox qui l'écoutait, assis à ses pieds, la tête penchée.

« Ça lui arrive… mais je crois que c'est surtout vrai pour son maître », écrivit alors Jonathan. « J'ai trouvé la plaque dans une brocante, c'était marrant alors je l'ai prise ».

Il avait ce regard fuyant qu'il affichait toujours lorsqu'il parlait de lui ou évoquait son mutisme. Mais

Randy passa un index sous son menton pour lui relever la tête, en murmurant :

— Sache que j'aime beaucoup vos bizarreries, à toi et Fox. Vraiment beaucoup.

Joe rougit, ils s'embrassèrent sur le pas de la porte, puis il fit entrer Randy chez lui. La maison se tenait sur Venice Canals Walkway, un endroit paisible auquel on ne pouvait accéder qu'à pieds ou en barque. Elle n'était pas très grande mais très agréable avec sa décoration cosy et sa petite terrasse de bois ombragée.

Randy se demanda si Joe la louait ou si elle lui appartenait déjà, ce dont il doutait car le quartier était plutôt onéreux sur le plan de l'immobilier. Ce n'était pas la première fois que Joe donnait l'impression d'avoir pas mal d'argent – il n'y avait qu'à voir sa voiture ! –, mais en réalité, cela n'avait aucune importance.

Ils ne s'attardèrent pas chez Joe, pourtant Randy apprécia d'y être allé et fut touché par le fait qu'il ait bien voulu l'y emmener, lui qui était si prudent et secret. Ils se séparèrent devant *Rosalie's Books* et s'y retrouvèrent le soir pour aller boire un verre face à l'océan.

Joe devenait plus tactile au contact de Randy, qui n'était désormais plus le seul à amorcer leurs baisers ou à enlacer leurs doigts. C'était si naturel, si agréable, que Randy cessait rarement de sourire.

Aux côtés de Joe, il avait l'impression de retrouver l'adolescent qu'il était autrefois, et il ressentait les moindres choses avec autant d'intensité que lorsqu'il avait seize ans. C'était comme une bouffée d'air frais et il avait bien l'intention d'en profiter, de faire durer ces sensations le plus longtemps possible.

Le vendredi soir, alors qu'ils étaient assis sur la plage à même le sable, Joe saisit son téléphone et écrivit :

« Je ne pourrai pas être là demain, cette fois je te préviens. C'est le mariage de mon frère, je suis son témoin ».

— Oh, d'accord, répondit Randy. C'est génial !

Il était un peu triste de ne pas le voir le lendemain mais heureux pour lui parce qu'il passerait assurément un beau moment en compagnie de ses proches.

— Tu m'enverras une photo de toi en costume ? demanda-t-il ensuite. Tu vas être à tomber par terre…

Joe tourna la tête pour l'observer. Il avait les lèvres entrouvertes, et une onde d'hésitation passa sur ses traits. Il regarda l'écran allumé de son téléphone, comme pour y écrire quelque chose, mais releva finalement les yeux vers Randy.

Ce dernier commençait à avoir l'habitude de ces moments pendant lesquels Jonathan semblait totalement perdu, et il avait appris qu'il ne fallait pas s'attarder dessus. Alors il resserra l'emprise de son bras autour des épaules de Joe et chuchota :

— J'espère que tu vas bien t'amuser et en profiter. Tout va bien se passer.

Joe fronça brièvement les sourcils puis écrivit « Je t'enverrai une photo ». Randy hocha la tête, un doux sourire aux lèvres. Quoi que Joe ait eu l'intention de lui dire au départ, il s'était ravisé. Mais il ne lui en voulait pas, au contraire. C'était aussi cela qu'il aimait chez Joe, ses failles et sa sensibilité, l'ombre au fond de son regard qui ne demandait qu'à être apprivoisée et apaisée par un peu de lumière.

Jonathan cala sa tête sur l'épaule de Randy en laissant échapper un léger soupir. Ils admirèrent les lueurs du crépuscule jusqu'à ce que la nuit et l'air marin les fassent frissonner tous les deux, puis ils revinrent à leurs voitures, main dans la main.

Quand ils se séparèrent, leur baiser-au revoir fut plus long et plus passionné que tous ceux qu'ils avaient échangés jusque-là. L'idée de ne pas se revoir le jour suivant semblait les perturber autant l'un que l'autre, mais cela ne rendrait que plus savoureuses encore leurs retrouvailles.

TATOUAGES

La journée et la soirée du samedi parurent interminables pour Randy, surtout à partir du moment où Joe lui envoya la fameuse photo.

Il portait une chemise blanche sous une veste de costume bleu foncé qui accentuait la clarté de ses yeux. La cravate était de la même couleur. Ses cheveux châtains étaient coiffés plus sagement qu'à l'ordinaire, indisciplinés de façon artistique.

Randy passa un long moment à admirer la photo. Joe lui plaisait toujours énormément, mais c'était encore plus le cas ainsi… peut-être à cause du costume, ou bien de la douloureuse perspective de ne pas le voir vêtu de la sorte en vrai.

Il attendit d'avoir retrouvé ses esprits pour lui répondre, mais cela n'avait peut-être pas fonctionné si bien que ça puisqu'il envoya : « Tu es sublime ».

Le retour de Joe ne se fit pas attendre. Il lui envoya des phrases courtes, presque brutales, et Randy n'eut aucun mal à deviner sa nervosité à travers ces quelques mots :

« Tu trouves ? Je ne sais pas. Pas l'habitude. »

Son sourire était plutôt crispé sur la photographie ; Randy était à deux doigts de lui demander où il se trouvait exactement, histoire d'aller le rejoindre pour le serrer dans ses bras et l'embrasser jusqu'à ce qu'il soit rassuré.

Il n'en fit rien et écrivit à la place : « Je t'assure… Ne change rien. Mais tu vas être plus beau que le marié et ce n'est pas très sympa pour lui ! ».

Il paniqua presque durant le long silence qui suivit, car Joe ne répondit qu'une bonne vingtaine de minutes plus tard. Ce n'était qu'un petit « merci », suivi d'un « c'est l'heure, je t'écris plus tard », mais cela suffit à ravir Randy.

Il était sérieusement, totalement et définitivement accro à Jonathan.

Il eut encore plus de mal à se concentrer après ça. Il travailla tout l'après-midi et une bonne partie de la soirée sur le manuscrit, sans trop avancer toutefois. Entre les moments où il répondait à Joe et ceux où il pensait à lui, les yeux dans le vague, cela ne laissait plus beaucoup de temps pour se montrer efficace.

Il s'apprêtait à aller se coucher lorsqu'il reçut un message énigmatique : « J'aurais dû te demander hier… Je n'ai pas osé mais maintenant, je le regrette ».

Randy fronça les sourcils, la bouche pleine de dentifrice et sa brosse à dents dans une main. Il répondit de l'autre – « de quoi tu parles, exactement ? » –, et se rinça. La réponse arriva un interminable moment après, alors qu'il commençait à s'assoupir.

« De venir avec moi au mariage. C'est très bien mais tu me manques… »

Randy sentit son cœur se serrer en imaginant Joe dans ce si beau costume, avec son expression triste sur le visage. Il aurait tout donné pour se retrouver près de lui dans l'instant et l'enlacer tendrement. Faute de pouvoir le faire, il répondit : « Tu me manques aussi. Mais essaie de profiter quand même de la soirée. On se voit demain, fais-moi signe dès que tu es dispo ».

Il avait hâte de le revoir, surtout après cette petite confidence.

« D'accord. Dors bien. »

Randy posa son téléphone sur la table de chevet et sa tête sur l'oreiller. À peine ses paupières étaient-elles fermées qu'il se représenta Joe très précisément – avec ou sans costume. Il ne douta pas une seule seconde de faire de très beaux rêves, cette nuit-là.

Mais ses heures de sommeil se révélèrent plus brèves qu'il ne l'avait escompté : ce fut son téléphone vibrant sans relâche qui finit par le réveiller quelques heures plus tard.

Roulant sur lui-même, Randy ouvrit les yeux pour regarder qui pouvait bien insister autant en pleine nuit... et se redressa brusquement dans son lit quand le prénom de Jonathan apparut sur son écran. Trois appels en absence et deux messages.

Randy fronça les sourcils, encore à moitié endormi. Pourquoi Joe l'avait-il appelé alors qu'il ne pouvait pas parler ?

Il s'aperçut ensuite qu'il s'agissait d'appels vidéo, et eut un pincement au cœur en songeant à ce qu'il avait raté. Voir Joe en vidéo aurait été beaucoup plus intéressant que de rêver de lui, même si le rêve en question avait été particulièrement érotique. Son corps d'ailleurs s'en rappelait encore.

Il parcourut ensuite leur conversation, découvrant les messages que Joe avait envoyés. « Tu me manques vraiment », suivi de « J'ai tellement envie de te voir ». Alors que Randy réfléchissait à la meilleure façon de répondre, deux nouveaux messages arrivèrent : « Désolé » et « Si tu me donnes ton adresse, je peux être là très vite ».

C'était si direct et cela ressemblait si peu à Joe, en vérité, que Randy fut pris de court. Son cerveau sembla cesser de réfléchir et ce fut son corps qui répondit à sa place, conduit par le désir qu'il avait de le revoir. Il envoya seulement son adresse et passa les dix minutes suivantes à se demander s'il était bien réveillé ou si c'était son rêve qui avait continué. À exactement 5 H 13 du matin, ce n'était pas si évident de faire la différence.

Il se leva enfin, passa un t-shirt et un short et descendit l'étage de son appartement en duplex. Un verre d'eau fraîche finit de le réveiller ; il l'avait encore à la main quand il reçut un nouveau message de Jonathan lui disant simplement « Je suis là ».

Le verre se mit à trembler entre ses doigts. C'était l'effet que Joe avait sur lui, alors même qu'il ne le connaissait que depuis quelques semaines. À ce rythme-là, il deviendrait vite fou… fou de lui !

Randy reposa son verre, secoua la tête et appuya sur le bouton près de la porte pour déverrouiller celle de l'immeuble. Son appartement se trouvant au rez-de-chaussée, il n'eut qu'à en sortir pour être immédiatement frappé par la stupéfiante apparition de Joe dans son costume.

Le nœud relâché de sa cravate bleue, ses cheveux à nouveau ébouriffés, et les premiers boutons ouverts de sa chemise lui donnaient une allure de mauvais garçon, ce qui ne fit qu'accroître le désir de Randy. Joe s'avança vers lui, tenant nonchalamment sa veste de costume sur son épaule, un merveilleux sourire plaqué sur ses lèvres.

Les quelques pas qui les séparaient leur parurent immenses et interminables. Randy ne se préoccupa pas de la démarche titubante de Joe, ne se demanda pas pourquoi celui-ci avait autant insisté pour le rejoindre au petit matin. Il se contenta de refermer ses bras autour de lui, avant de l'embrasser passionnément.

Un gémissement lui échappa lorsque Joe agrippa son t-shirt pour l'attirer encore plus contre lui. La jolie veste tomba à leurs pieds mais aucun d'eux n'y prêta attention. Randy posa une main au creux des reins de Joe et fit remonter l'autre jusqu'à sa nuque pour lui incliner la tête dans le meilleur angle.

Il ne songeait plus à rien tandis qu'il savourait les lèvres de Joe, qui avaient gardé la saveur douce-amère du champagne. Il finit par se souvenir qu'ils se trouvaient dans le hall d'entrée de son immeuble et rompit, à regret, leur baiser. Il se pencha pour ramasser la veste de Jonathan puis saisit la main de ce dernier en chuchotant :

— Viens.

La porte se referma en claquant derrière eux. Joe avait le souffle court, les yeux rougis et le regard chaviré, mais il ne lui laissa pas le temps de l'interroger et recommença à l'embrasser.

Quelque part au fond de lui, Randy savait que Joe n'était pas dans son état normal, mais ses baisers étaient si délicieux qu'il avait du mal à s'en inquiéter. Ils avaient déjà passé beaucoup de temps à discuter, à se découvrir… le moment était venu de laisser leurs corps faire de même.

Dans la plupart des relations qu'il avait eues avant Jonathan, les choses avaient très souvent commencé au lit. C'était la première fois qu'il passait autant de temps avec une personne avant de partager quelque chose de physique, mais ce n'était finalement pas pour lui déplaire : le désir qu'il ressentait pour Joe n'avait fait que grandir au fil des moments passés avec lui et de tout ce qu'il avait découvert à son sujet.

Enroulant la cravate de Joe autour de sa main, Randy recula à l'intérieur de son appartement, l'entraînant avec lui. Leurs baisers avaient le même rythme que leurs pas ; il leur sembla qu'il se passait des heures avant qu'ils atteignent le canapé.

Randy s'arrêta alors, cherchant le regard de Jonathan qui brillait dans la pièce pourtant peu éclairée. Ce dernier saisit son téléphone et écrivit :

« Ne pose pas de question… j'ai juste besoin de toi ».

Randy l'observa encore durant quelques secondes. Joe avait l'air épuisé, tourmenté et un peu triste, mais au-delà de ça, il y avait aussi ce désir intense qui marquait chaque trait de son visage, comme pour signifier à Randy qu'il était le seul à pouvoir l'apaiser.

L'heure n'était pas à la discussion. Il saisit la main du jeune homme, celle qui tenait le téléphone, et l'objet tomba sur le canapé derrière eux. Puis il captura à nouveau les lèvres de Joe entre les siennes tandis que ses doigts jouaient avec les derniers boutons encore fermés de sa chemise. Randy fit passer la cravate par-dessus le col et laissa sa bouche s'égarer dans son cou tout en écartant les pans du vêtement. Joe frissonnait dans ses bras, sous ses baisers, à la fois docile et impatient.

Quand il releva la tête pour l'admirer, Randy crut voir l'ombre d'un tatouage se dessiner sur l'un de ses pectoraux. Il n'eut pas le temps de s'attarder davantage car soudain, Joe glissa ses mains fraîches sous son t-shirt pour l'en débarrasser.

— Mmhhh, murmura-t-il tandis que les longs doigts parcouraient inlassablement sa peau.

Randy ferma les yeux afin de mieux apprécier la sensation. Sa dernière histoire remontait à plusieurs mois, et les contacts de cette sorte lui avaient manqué. Il ne se souvenait pourtant pas qu'on l'ait déjà touché ainsi : il y avait dans les gestes de Joe autant de tendresse que de désir, et une espèce de vénération aussi surprenante qu'agréable, mais que Randy avait du mal à comprendre.

Rouvrant les yeux, il s'appliqua à son tour à déshabiller Joe. La cravate voltigea dans le salon pendant que la chemise glissait sur sa peau pâle dans un bruissement léger. C'était la première fois que Randy voyait son corps, et il en resta bouche bée.

Son bras droit était recouvert de tatouages, en partant de son poignet jusqu'à son torse. Il y avait des roses, des têtes de mort, un cadran d'horloge, les lettres « DK » entourées de quatre étoiles, et d'autres motifs encore, au milieu de partitions et de ce qui semblait être des paroles de chansons. Son bras gauche affichait également quelques tatouages, mais beaucoup moins.

Randy contempla les dessins encrés sur la peau de Joe, sentant son désir redoubler – si c'était possible. Il avait encore plus l'air d'un mauvais garçon à présent, et jamais il n'avait pensé que cela lui plairait autant.

Comme Jonathan avait baissé les yeux, Randy passa une main sous son menton pour le forcer à le regarder.

— Tu es tellement beau, lui dit-il dans un souffle.

Il suivit d'un doigt le tracé d'une aile d'ange sur sa clavicule, et Joe se mordit farouchement les lèvres en vacillant sur ses jambes.

— Tu es sûr ? l'interrogea-t-il doucement.

Il avait besoin de son accord avant d'aller plus loin, pour être certain que c'était ce qu'ils voulaient tous les deux. Joe hocha la tête puis attira Randy jusqu'à ses lèvres dans un geste possessif. Ce dernier se laissa aller à la chaleur, à la passion de leur baiser ; puis il débarrassa enfin Joe de son pantalon.

Il s'agenouilla pour lui retirer son boxer et le fit tomber sur le canapé, restant par terre entre ses jambes. Il avait encore un tatouage au bas du ventre, une courbe abstraite qui suivait la forme de son bassin jusqu'à sa hanche. Ça ne représentait rien de particulier mais l'emplacement était si sexy que Randy eut soudain très chaud. Il déglutit difficilement puis souffla :

— Si tu veux que j'arrête ou s'il y a quoi que ce soit, serre-moi l'épaule. N'hésite pas, d'accord ?

Jonathan hocha la tête, mais le sourire extatique qu'il affichait fit un peu douter Randy. *Il est ivre*, se dit-il, *je ne devrais pas profiter de la situation.*

Joe se tortilla sur le canapé, nu, les jambes écartées. Sa position l'avait fait rougir mais il y avait également tant d'indolence et de luxure dans son regard que Randy sentit une vague de chaleur affluer au creux de ses reins.

Et merde, pensa-t-il. Il souhaitait réellement se conduire de la meilleure façon possible avec lui, être attentif et prévenant, mais il ne pouvait tout simplement pas résister à une telle vue.

Alors que Joe soupirait d'impatience, Randy déposa un chemin de baisers sur l'intérieur de sa cuisse. Il remonta jusqu'à son bas-ventre, prenant son temps, jusqu'à approcher sa bouche du sexe de Jonathan. Il risqua un regard vers lui ; ce dernier l'observait intensément, les mains crispées d'anticipation sur le velours du canapé.

Retenant un sourire, Randy referma enfin ses lèvres autour de Joe. Il le sentit se crisper puis se détendre peu à peu tandis qu'il faisait monter le plaisir. Les mains de Joe se glissèrent dans les cheveux blonds boe Randy, qui gémit d'excitation.

Le silence qui les entourait le dérouta au début – aucun de ses précédents partenaires n'était jamais resté aussi silencieux quand il faisait ça –, mais l'expression sur le visage de Joe finit par le rassurer. Il paraissait presque émerveillé ; toute trace de peur, de tristesse ou de souffrance avait enfin déserté son regard. Il n'était que plaisir, et Randy eut un éblouissement quand il se souvint que c'était grâce à lui.

Il continua encore un moment, jusqu'à sentir une des mains de Joe serrer son épaule. Randy releva la tête et n'eut pas besoin de l'interroger pour comprendre : son amant semblait à bout de souffle, à bout de résistance aussi. Randy lui-même se sentait prêt à exploser – ce fut pour cette raison qu'il plongea une main dans son short tandis que l'autre s'occupait du sexe de Joe.

Il ne fallut que quelques va-et-vient pour les amener vers l'orgasme, qui sembla redoubler lorsque chacun regarda l'autre céder au plaisir.

Randy resta assis par terre durant quelques minutes, les doigts liés à ceux de Joe alors qu'il ne se rappelait pas avoir saisi sa main, trop étourdi de plaisir. Il finit par se relever, et embrassa tendrement le jeune homme avant de lui dire :

— Je reviens tout de suite.

Il regagna la salle de bain pour s'essuyer et passer un boxer, ramenant une serviette humide pour Joe. Ce dernier était en train de ramasser sa chemise lorsqu'il revint.

— Attends, chuchota Randy.

Il arrêta son geste et nettoya sa peau, avant de lui rendre son sous-vêtement. Joe se rhabilla avec des gestes hésitants. Il avait cet air perdu qui fit se serrer le cœur de Randy.

— Est-ce que ça va ? lui demanda-t-il.

Jonathan hocha la tête sans le regarder. Puis il retrouva son portable et écrivit : « C'était merveilleux. Mais je me sens vraiment con d'être arrivé comme ça et de… Désolé. Je crois que j'ai trop bu… ».

— Est-ce que tu regrettes ce qui vient de se passer ?

Randy redoutait la réponse, mais il avait besoin de savoir. Joe secoua frénétiquement la tête et se rapprocha de lui.

— C'est tout ce qui compte, le rassura-t-il, soulagé. On verra le reste plus tard.

Il sourit à Joe et le serra dans ses bras, son amant ne se faisant pas prier pour se blottir contre lui. Randy les fit s'allonger sur le canapé et les recouvrit du plaid qui traînait sur le dossier. Il resta aussi silencieux que Joe, chacun savourant le bonheur que leur procurait cette étreinte.

Randy avait toujours été très câlin après l'amour, chose que ne partageaient pas toujours ses partenaires. Mais Joe semblait n'avoir attendu que l'abri de ses bras pour s'y réfugier, et il était heureux de pouvoir lui offrir ça, d'être capable de l'apaiser quand ses démons semblaient revenir le hanter.

« Merci de m'accueillir chez toi », lui écrivit ensuite Jonathan, ponctuant son message d'un sourire aussi espiègle que fatigué.

— Je suis content que tu sois venu, lui dit Randy en retour.

Il le garda dans ses bras tandis que Joe fermait les yeux. Quelques minutes plus tard, son souffle régulier indiqua à Randy qu'il s'était endormi.

Ce dernier ferma à son tour les paupières, laissant ses pensées dériver sur la façon dont Joe paraissait à présent vulnérable alors qu'il avait été si excité, et excitant, quelques instants auparavant. Son amant ne cessait de le surprendre et de le toucher en plein cœur ; de sa vie, il n'avait jamais éprouvé d'aussi incroyables sensations. Randy finit par s'endormir à son tour, continuant à sourire même pendant son sommeil.

Lorsqu'il s'éveilla une nouvelle fois, le jour était bien levé. Randy profita encore un peu d'avoir Joe dans ses bras puis finit par se lever, prenant toutes les précautions du monde pour ne pas le réveiller. Il le recouvrit du plaid, s'émerveilla de la sérénité qui peignait ses traits, et sourit en découvrant une minuscule clé de sol tatouée à l'arrière de sa cheville.

Tout en montant à l'étage, il songea à ces tatouages dont Joe n'avait jamais mentionné l'existence.

Il était toujours vêtu de hauts à manches longues, même quand Randy avait réussi à le traîner à la plage. Il n'avait pas posé de questions, parce que c'était le genre de sujet que Joe n'aimait pas évoquer, mais cela devenait de plus en plus étrange. Voulait-il cacher ses tatouages en s'habillant ainsi ?

Vu la quantité qu'il possédait, il avait dû commencer à en faire très jeune. C'était dommage de les dissimuler alors qu'ils étaient magnifiques et lui allaient si bien – mais Randy doutait de son objectivité après les moments qu'ils venaient de partager.

Il échoua dans son bureau, lequel se trouvait sur la mezzanine surplombant le salon. Il n'avait pas l'esprit à travailler, surtout sans une bonne tasse de café, mais il ne voulait pas non plus réveiller Joe. Il attendit un long moment, les yeux dans le vague, et était prêt à se rendormir sur sa chaise lorsqu'il se décida à redescendre.

En revenant dans le salon qui s'ouvrait sur la cuisine, il constata que Joe dormait toujours. Il prépara du café, et l'arôme commençait à se diffuser dans tout l'appartement quand il entendit un bruissement caractéristique provenant du canapé.

Une tête ébouriffée surgit au-delà du dossier ; le cœur de Randy rata quelques battements lorsqu'il découvrit l'expression ensommeillée sur le visage de Joe. Il était en train de s'extasier sur cet homme à un niveau qui frôlait l'obsession !

— Hey, murmura-t-il en s'approchant de lui. J'ai fait du café. Tu as bien dormi ?

Jonathan cligna des yeux puis le regarda, l'incompréhension s'affichant sur ses traits. Il chercha son portable des yeux, le trouva sur la table basse, et s'en empara pour écrire : « Comment est-ce que j'ai atterri ici ?! ».

— Tu as besoin de café, fit remarquer Randy en riant.

Il alla servir deux tasses et revint dans le salon pour s'asseoir près de Joe. Celui-ci en avait profité pour écrire un autre message : « Désolé, je n'arrive pas à me souvenir de ce que j'ai fait cette nuit, j'ai dû boire un peu trop… ? ».

Randy se mordit les lèvres, un peu dépité. Il n'avait pas imaginé que leur premier matin ensemble ressemblerait à ça.

— Tu étais au mariage de ton frère hier. On s'est écrit, tu m'as envoyé une photo de toi… Ce costume t'allait vraiment à ravir, expliqua-t-il avec un sourire. Tu te souviens ?

Joe sembla y réfléchir quelques secondes puis approuva d'un hochement de tête. Il but avec lenteur une gorgée de café, regardant anxieusement ses jambes nues et sa chemise mal boutonnée.

Randy se demanda s'il était prêt à entendre la vérité et, pire encore, s'ils avaient eu raison de céder à cette pulsion nocturne. À la lumière du jour, cela ne semblait augurer que des complications.

— Apparemment, je te manquais, poursuivit-il avec prudence. Et tu… tu me manquais aussi. Dans la nuit, tu m'as écrit plusieurs fois, tu m'as demandé mon adresse et… je te l'ai donnée.

Il se tut, incapable d'aller plus loin, guettant la réaction de Jonathan... mais ce dernier restait toujours aussi inexpressif. Après le désir qui l'avait animé durant la nuit, c'était plus que déroutant.

Le jeune homme enfouit alors son visage dans ses mains. Il y avait un tel désespoir dans ce mouvement que Randy en frissonna d'horreur.

— Ça ne va pas ? demanda-t-il, pour une fois impuissant à le réconforter.

Il ne pouvait pas comprendre ce que Joe éprouvait, pas si celui-ci ne le lui expliquait pas. Mais il ne fit pas le moindre signe, n'écrivit aucun message, et quand il releva la tête, ses yeux brillaient de larmes.

— Qu'est-ce que…, commença Randy.

Mais Jonathan le surprit en se levant brusquement. Il le regarda se rhabiller, remettre ses chaussures et se diriger vers la porte.

— Hé ! Non, attends ! le retint Randy en lui attrapant le bras.

Joe se servit de l'autre pour mimer « désolé » contre sa poitrine, encore et encore. C'était un des premiers signes que Randy avait retenu, parce que Joe le faisait souvent.

— Non, voyons, il n'y a pas de raison de…

Randy s'interrompit et posa ses deux mains sur les joues de Jonathan, avec beaucoup de douceur.

— Calme-toi… Il n'y a rien de grave. Ne pars pas. Tu peux rester ici autant que tu veux…

Mais Joe secoua violemment la tête ; les larmes coulèrent sur ses joues. Randy eut l'impression de sentir son cœur se briser devant la souffrance de son amant. Si seulement il avait pu comprendre…

— Joe, souffla-t-il. Explique-moi. Je ne te jugerai jamais, je veux seulement t'aider ! Ne pars pas…

Jonathan s'excusa encore à l'aide de ses mains, puis entrouvrit la bouche comme s'il voulait parler. Mais aucun son ne parvint à s'échapper d'entre ses lèvres, et cela sembla si douloureux que Randy comprit qu'il n'avait pas d'autre choix que de le laisser partir.

— D'accord, chuchota-t-il finalement. Écris-moi, s'il te plaît…

Joe lui adressa un signe de tête affirmatif. Randy déposa un baiser sur ses lèvres avant de le relâcher. Les larmes coulaient toujours sur ses joues mais une lueur de reconnaissance s'alluma dans son regard.

Jonathan s'en alla sans plus d'explications. Tout en regardant la porte se refermer toute seule, le blond espéra de toutes ses forces qu'en le laissant partir de chez lui, il ne l'avait pas laissé sortir de sa vie.

~

Un premier message arriva presque deux heures plus tard, alors que Randy se rongeait les sangs d'inquiétude. Il avait tourné en rond dans son appartement, se repassant en boucle le fil de la nuit et la conversation qui en avait résulté.

Il ne comprenait toujours pas. Il avait beau savoir que Joe était quelqu'un d'infiniment complexe, cela ne l'aidait pas.

Aussi, quand il reçut ce simple « Pardon », il eut un accès de panique. Et si Joe faisait une bêtise ? Il ne semblait pas être mal à ce point, mais sa souffrance était tout de même évidente et rien ne prouvait à Randy qu'il n'irait pas jusqu'à se faire du mal.

Heureusement, un deuxième message arriva peu de temps après : « Je suis chez moi… Ne t'en fais pas. Je suis vraiment désolé ! ».

De soulagement, Randy se laissa tomber sur son canapé. Il but une nouvelle gorgée de l'énième tasse de café qu'il s'était servie, et répondit : « Tu n'as pas à t'excuser, tu n'as rien fait de mal. Je m'inquiète juste pour toi… ».

Peut-être qu'ils parviendraient à mieux communiquer, de cette façon. Peut-être que Joe se confierait davantage s'il n'avait pas à croiser son regard ou à l'affronter tout de suite.

Sa longue réponse arriva un moment plus tard : « Si, je t'ai fait du mal à toi en partant, alors que tu m'as accueilli chez toi en pleine nuit, alors que tu es toujours là pour moi… Je suis terrifié. Parfois cette peur me pousse à fuir, et je n'arrive pas à la maîtriser, alors je m'en vais. C'est lâche mais je ne suis pas capable d'y faire face, je ne suis pas capable d'être mieux… ».

Randy sentit son cœur se serrer à la lecture de ces mots. Qu'avait-il pu arriver à Jonathan pour qu'il soit aussi torturé, et aussi sévère avec lui-même ?

« Je ne veux pas te faire changer, je veux juste t'aider », lui écrivit-il alors. Il avait failli écrire *aimer* mais s'était ravisé en songeant que cela risquait de le perturber encore plus.

Randy se laissa aller dans le canapé, à la place exacte où Joe s'était trouvé durant la nuit, nu et soupirant de plaisir…

Quelque chose au creux de son ventre se contracta à cette idée. Le seul fait de repenser à Joe ainsi suffisait à ranimer une étincelle de désir. Et si leur plaisir n'avait pas été aussi fulgurant, ils auraient pu aller plus loin encore…

Mais pourtant, cela avait été une erreur. Comment expliquer, sinon, la panique de Joe ?

L'arrivée d'un nouveau message interrompit le cours de plus en plus déplaisant de ses pensées : « Fox était seul chez moi depuis hier après-midi, je ne pouvais pas rester ».

C'était si surréaliste que Randy se mit à rire, sans éprouver la moindre joie. Il y avait vraiment quelque chose qui ne tournait pas rond. « Tu devrais te reposer », répondit-il simplement.

Son portable demeura silencieux après ça, et ça n'avait tellement pas de sens que Randy finit par se lever rageusement, abandonnant le téléphone entre les coussins.

Il avait besoin de sortir de chez lui, de ne plus sentir le parfum de Joe encore capturé dans la douceur du plaid, de se défouler physiquement pour faire taire la douleur lancinante qui martelait sa poitrine.

Le ciel était voilé ce jour-là, il faisait plus frais que d'habitude. Il enfila une tenue de sport et partit courir, incapable de rester là plus longtemps à se triturer l'esprit.

Randy ne revint chez lui que trois heures plus tard, parce qu'il avait choisi un long parcours lui permettant de rendre une petite visite à sa mère. Il n'y était pas resté très longtemps – pas assez pour qu'elle commence à lui poser trop de questions –, mais cette sortie avait au moins eu l'avantage de lui changer les idées.

Quand il eut le courage de consulter son téléphone après avoir pris une douche rapide, trois messages de Jonathan l'attendaient. Les deux premiers remontaient à plus d'une heure, mais le dernier avait été envoyé seulement quelques minutes auparavant.

Les mains un peu tremblantes, Randy remonta leur conversation pour les lire en partant du début.

« Le mariage était très beau, mon frère est heureux, donc c'est le plus important. C'est juste moi qui ai merdé. Parce que dans toutes les familles, il y a toujours quelqu'un pour nous mettre le moral à zéro en nous rappelant tout ce qu'on a raté, tout ce qu'on pourrait avoir si on avait fait les choses autrement. Sauf que je sais déjà tout ça, je n'ai pas besoin qu'on me le rappelle et qu'on remue le couteau dans la plaie, surtout quand on est incapable de comprendre ce que je ressens. Alors j'ai bu... j'ai trop bu. Et puis au milieu de tout ce gâchis qu'est devenu ma vie, je me suis rappelé que je t'avais, toi... du moins, c'est comme ça que je voyais les choses après une bouteille de champagne. J'ai voulu te rejoindre... Mais ce matin en me réveillant je me suis juste souvenu de la partie merdique et pas du reste, alors j'ai paniqué et je suis parti. Je te demande pardon pour ça. Tu es tellement génial, tu mérites mieux que moi. »

Randy eut la gorge nouée après ça. Pourtant, il continua sa lecture avec le second message : « On a réellement fait... ce qu'on a fait, hein ? ».

Cela le fit sourire. Peut-être qu'il n'y avait aucune raison de dramatiser après tout, et que ça n'avait été qu'un simple malentendu.

« J'ai tout gâché. Pardonne-moi, s'il te plaît », disait le troisième message.

Randy inspira profondément, sans savoir par quoi commencer. Puis il décida que la première chose à faire était de rassurer Joe, alors il écrivit : « Tu n'as rien gâché. Désolé, j'avais juste besoin de prendre l'air et je suis allé courir, je n'avais pas pris mon portable. ».

Il l'envoya avant de rédiger un autre message, qui expliquait : « Comme je te l'ai dit, je suis content que tu sois venu. Je sais qu'on ne se connaît pas depuis très longtemps mais tu comptes beaucoup pour moi... alors tu peux venir quand ça va ou quand ça ne va pas, quand tu es triste ou heureux, peu m'importe. La question n'est pas de savoir qui je mérite ou non... parce que je te veux toi, tel que tu es. Je peux comprendre si tu as besoin de temps et je ferai en sorte qu'on ne brûle plus les étapes...

mais sache que je ne regrette rien de ce qui s'est passé entre nous ».

En soupirant une nouvelle fois, Randy alla se servir une dernière petite tasse de café. À ce rythme-là, il ne dormirait pas la nuit suivante !

Il aurait préféré dire tout cela à Joe de vive voix, pour voir son expression et être certain qu'il comprenne à quel point il était important pour lui. Mais il se rappela la douleur dans ses yeux au moment où il avait voulu le retenir, et un frisson glacé le parcourut.

Bon sang, dans quoi est-ce que je me suis embarqué ? s'interrogea Randy en passant une main dans ses cheveux encore humides. Il déverrouilla son téléphone pour lire la réponse de Joe.

« Merci… Merci ».

Cela le fit sourire malgré lui ; il n'y avait rien de drôle. Les points de suspension entre les deux mots semblaient cacher tous les secrets que Joe portait en lui, et qui maintenaient une indéniable distance entre eux.

— Laisse-moi m'approcher, supplia Randy à haute voix comme s'il s'adressait directement à lui.

Seul le silence lui répondit, mais ce n'était pas ça le plus douloureux. Il était habitué au silence avec Joe, c'était son absence qui le perturbait.

Quand il était là, Randy ne voyait que lui. Il oubliait le monde autour, parce que rien ne lui importait plus que de voir et faire sourire cet homme qui avait su atteindre son cœur sans le moindre effort. Il aimait être auprès de lui, et la séparation était d'autant plus difficile qu'ils avaient été si proches, cette nuit-là…

Randy ne pourrait jamais se contenter de ça, il avait besoin de plus. Il serait capable d'attendre, mais seulement s'il avait la certitude que leur histoire continuerait. Ils avaient encore tant à vivre ensemble, à découvrir, à partager…

N'y tenant plus, il reprit son téléphone et envoya :
« Tu seras là demain matin ? ».

La réponse affirmative de Joe ne se fit pas attendre. Randy sentit ses muscles se détendre et un nœud invisible se relâcher dans sa poitrine.

Il y avait intérêt à ce que ça fonctionne entre eux ou il ne s'en remettrait jamais.

INTIMITÉ

En ce lundi matin, Joe attendait sur son banc habituel, face à l'océan.

Randy était à peine arrivé qu'il lui sauta au cou, le serrant si fort contre lui qu'il en eut le souffle coupé. Une fois la surprise passée, il l'entoura de ses bras et ferma les yeux pour mieux savourer cet instant.

Avait-il déjà remarqué à quel point Joe faisait exactement la bonne taille pour se blottir contre lui, le visage au creux de son cou ?

Avait-il déjà pris le temps d'apprécier le mélange unique de l'odeur de son parfum et de celle de sa peau ?

Avait-il déjà réalisé combien le corps de Jonathan était fragile, docile, sous ses mains ?

Avait-il déjà ressenti avec autant de force les battements de cœur d'une autre personne contre son propre torse ?

Il lui sembla qu'il découvrait toutes ces sensations lorsqu'elles le submergèrent de plein fouet à ce moment-là.

Les deux hommes restèrent longuement ainsi, ne se souciant pas de la ville qui s'éveillait autour d'eux ni des quelques passants qui les observaient. Tout ce qui leur importait se passait entre eux, à l'intérieur, là où personne d'autre qu'eux ne pouvait intervenir.

Enfin, Joe relâcha doucement son étreinte et Randy le laissa reculer d'un pas. Il posa son poing fermé contre son sternum et décrivit un petit cercle, plusieurs fois de suite, une expression contrite sur le visage.

— Arrête, murmura Randy en refermant ses doigts sur la main de Joe. Si tu tiens tant que ça à te faire pardonner, embrasse-moi, ajouta-t-il tendrement.

Le regard de Joe s'éclaira. Il approcha timidement son visage, avant de poser ses lèvres sur les siennes. C'était d'une telle douceur que Randy souhaita que Joe l'embrasse ainsi pour le reste de sa vie – et au moins l'éternité après ça.

Des souvenirs torrides lui revinrent alors en tête, comme le corps nu de Jonathan ou son regard baissé vers lui tandis qu'il l'aimait avec la bouche, et soudain ce baiser fut loin d'être suffisant.

Un gémissement lui échappa. Le regard de Joe était plein d'interrogations lorsqu'ils se regardèrent ensuite.

— Ce n'est rien, dit Randy avec un sourire gêné. Je repensais juste à… ce qu'on a fait.

Joe se mit à rougir mais ne se détourna pas. Alors Randy lui demanda :

— Tu ne regrettes pas, tu es sûr ?

Le châtain saisit son téléphone pour lui répondre : « Non. J'ai juste trop honte d'avoir oublié ce passage quand je me suis réveillé hier matin… J'y ai repensé plus tard, mais en fait j'avais peur que ça n'ait été qu'un rêve ».

— Tu fais des rêves comme ça, toi ? le taquina Randy en allant s'asseoir sur le banc.

Joe tapa sa réponse tout en s'installant si près de lui que leurs jambes se pressèrent l'une contre l'autre. Il avait un sourire en coin assez ravageur lorsqu'il la fit lire à Randy : « Depuis que je te connais, ça m'arrive souvent, oui ».

— Est-ce que ça fait partie des choses qui te font peur ? s'entendit demander Randy au-delà des battements sourds de son cœur qui résonnaient dans ses tempes.

Il aurait mieux fait de se taire, mais il avait besoin de savoir. Jonathan se mordit les lèvres, cependant il répondit sans chercher à fuir : « Un peu… mais il n'y a pas que ça. Et le désir que j'éprouve pour toi arrive à surmonter cette peur, je crois ».

Ces confidences inattendues troublèrent Randy, qui n'avait pas osé espérer que l'attirance intense qu'il ressentait soit partagée. Cela ne l'empêcha cependant pas de continuer à l'interroger :

— Qu'est-ce qui t'effraie le plus, alors ?

C'était la question de trop, il le comprit dans le mouvement de recul qu'eut soudain son amant. Mais avant de le laisser paniquer, Randy saisit sa main et déclara :

— OK, on oublie cette question, d'accord ?

Son pouce caressa doucement le dos de la main de Joe, qui se détendit autant grâce à ce geste qu'aux mots qu'il venait de prononcer.

— Je suis un vrai crétin, s'excusa Randy, je pose trop de questions… Je crois que je tiens ça de ma mère ! – Joe eut un sourire. Essaie de ne pas m'en vouloir quand ça arrive, parce que je ne veux absolument pas te faire souffrir, crois-moi…

Tandis que Jonathan hochait la tête, Randy le détailla du regard. Son teint était encore plus pâle que d'habitude, des cernes soulignaient ses yeux – sans doute les derniers restes de la gueule de bois –, mais il était toujours d'une beauté époustouflante, même dans son jean bleu foncé et son habituel sweat noir. Pour la santé mentale de Randy, mieux valait qu'il ne porte pas trop souvent de costumes, de toute façon !

— Il existe une méthode imparable pour me faire taire, cela dit…

Joe l'observa avec ce regard coquin qui détruisait instantanément tout espoir de résistance chez Randy. Puis il sourit, avant de l'embrasser pour lui montrer qu'il avait parfaitement compris.

Ils ne firent plus que ça durant les quelques minutes qui suivirent ; ce fut seulement après ces baisers que Randy retrouva le bonheur simple et évident qu'ils avaient partagé la semaine précédente.

Un peu plus tard, il attendit sereinement que Joe ait fini d'écrire ce qu'il voulait lui dire, en caressant sa nuque du bout des doigts.

« Merci d'être là. Je veux dire, d'être toujours là. On dirait que tu arrives à me comprendre malgré le peu de choses que je te dis, et tu n'imagines pas à quel point c'est précieux pour moi. »

— Je ne compte pas partir, répondit seulement Randy.

Il y avait un tel soulagement dans le regard de Joe que Randy sentit son cœur rater plusieurs battements. Il passa un bras autour des épaules de son amant, qui se laissa aller contre lui.

Pendant quelques minutes, ils restèrent immobiles et silencieux, à regarder l'océan qui s'agitait sous le vent. Ils eurent l'impression que le monde leur appartenait, parce qu'ils avaient à côté d'eux une personne auprès de qui ils se sentaient chéris, en sécurité, à leur place.

Cela ne durerait pas, mais pour ces quelques minutes, le reste pouvait bien attendre.

~

— Entre, dit Randy à Joe alors que ce dernier se tenait devant la porte ouverte de son appartement. Salut, toi ! ajouta-t-il en se baissant pour gratouiller la tête de Fox.

Le chien se faufila entre leurs jambes pour aller explorer les lieux, dépourvu de l'hésitation qu'affichait son maître.

Randy posa une main sur la hanche de Jonathan et l'attira à lui pour l'embrasser – un simple baiser qui accéléra pourtant son rythme cardiaque. Joe lui sourit timidement avant de lui tendre la bouteille de vin qu'il avait amenée.

— Oh, merci ! Ça ira parfaitement avec le dessert... Tu aimes le chocolat, n'est-ce pas ? s'inquiéta alors Randy. Zut, j'aurais mieux fait de te poser la question avant...

Joe acquiesça calmement d'un signe de tête. « Qui n'aime pas le chocolat ?! », écrivit-il ensuite.

Randy se mordit les lèvres. Il se sentait un peu nerveux, et cela avait tendance à le rendre encore plus bavard qu'il ne l'était déjà. Il n'avait pas revu son amant depuis le mercredi soir, en dehors de leurs petites entrevues matinales sur le banc pour partager un café et quelques baisers, et on était samedi soir. Ce n'était pas si terrible, mais Joe lui avait vraiment manqué.

Il l'avait invité et décidé de lui préparer un petit dîner, lui précisant d'emmener Fox avec lui pour être certain qu'il n'ait pas à partir s'il avait envie de rester, peu importe ce qui se passerait entre eux.

Randy avait vraiment envie qu'il se passe certaines choses ; le désir lui avait fait tourner la tête toute la semaine mais il ne ferait rien de plus que ce que Joe voudrait.

« Ton appart' est vraiment chouette. Je n'avais pas eu l'occasion de te le dire, la dernière fois », lui fit alors lire Joe.

— Fais comme chez toi, répondit Randy avec un sourire.

Ils tournèrent la tête comme Fox aboyait gaiement, pour le découvrir sur l'un des fauteuils qui faisaient face au canapé.

— Voilà, exactement comme ça ! approuva Randy en riant.

Joe claqua sévèrement des doigts et le chien se redressa, attentif à ses gestes. C'était fascinant de voir à quel point Fox l'écoutait et lui obéissait alors même qu'il ne parlait pas.

— Laisse-le, lui dit Randy. Ça ne me dérange pas, je t'assure. Et je voudrais que tu te sentes aussi à l'aise que lui ici…

Joe s'approcha imperceptiblement de lui, une main tendue. Randy entrelaça leurs doigts tout en contemplant son invité.

Joe ne portait pas de costume mais il était très séduisant avec son t-shirt à manches longues bleu turquoise et son jean déchiré aux genoux. Il portait ses Dr Martens noires et Randy se surprit à l'imaginer torse nu, avec ce pantalon et ces chaussures, et tous ses tatouages noirs sur sa peau pâle… il avait décidément un faible pour son côté mauvais garçon !

Posant son autre main sur la nuque de Joe, il l'attira dans un baiser un peu plus passionné que le premier. Joe ouvrit ses lèvres pour laisser leurs langues se retrouver et danser ensemble, posant ses mains à plat sur le torse ferme de Randy.

La rumeur de la ville leur parvenait par les fenêtres ouvertes de la cuisine et du salon, sans pour autant rompre la quiétude de ce moment. Ils s'embrassèrent longuement, heureux de se retrouver. Ils n'avaient pas pu se voir cette semaine-là autant que la précédente, à cause du travail et de leurs autres occupations, mais ils comptaient bien rattraper le temps perdu ce soir-là.

C'était la première fois qu'ils se retrouvaient dans une telle intimité, à l'écart du monde et sans être influencés par quelques bouteilles de champagne, et ils se sentirent d'abord aussi intimidés l'un que l'autre.

Randy tenta de s'apaiser alors qu'il savourait leurs baisers : s'il était trop nerveux, Joe finirait par le ressentir aussi. Il n'y avait aucune raison d'avoir peur, ils devaient simplement laisser les choses se faire et profiter de ces instants.

Alors qu'ils s'écartaient un peu l'un de l'autre, Joe saisit son téléphone et écrivit : « Je me sens bien, ne t'en fais pas. Je suis heureux d'être là. Et tu es vraiment très, très beau… ».

Randy sentit un flot de chaleur inonder son cœur et parcourir ses veines. Il avait choisi une tenue décontractée et avait coiffé ses cheveux blonds, mais ce n'était pas tant le compliment que le reste qui le touchait.

Il souhaitait réellement que Joe se sente chez lui dans son appartement et qu'il oublie ses peurs et ses doutes en sa compagnie. Il voulait former un couple avec lui, et que ce couple évolue au fil du temps, à leur rythme. C'était d'une telle évidence pour Randy qu'il se demanda comment il avait pu vivre si longtemps sans connaître ce sentiment.

— Tu es très beau toi aussi, susurra-t-il avant d'embrasser Joe dans le cou.

Ce dernier frissonna de plaisir, un sourire illuminant son visage. Randy ne se rappelait pas l'avoir déjà vu aussi radieux ; ça effaçait toutes les difficultés qu'il avait déjà pu y avoir entre eux.

— Un verre de vin ? lui proposa-t-il ensuite. Avec modération, cette fois !

Joe hocha la tête puis saisit la bouteille qu'il avait amenée d'une main et tendit l'autre vers Randy. Celui-ci l'observa un court instant avant de comprendre.

— Ici, indiqua-t-il en tapotant l'un des tiroirs de la cuisine.

Tandis que Joe se mettait en quête du tire-bouchon, il fit semblant de surveiller la cuisson de son plat alors qu'en réalité, il le regardait du coin de l'œil.

Une bouffée de bonheur le submergea alors qu'il se mettait à imaginer toutes les soirées comme celles-ci qu'ils pourraient partager, réunis dans la cuisine pour préparer le repas en savourant un verre de vin... Ils évoqueraient leur journée, ils s'embrasseraient, ils envisageraient l'avenir, et ce serait si simple d'être heureux !

Randy se sentit tout étourdi à cette idée. C'était trop, trop vite. Il fallait qu'il calme son imagination et qu'il se contente du moment présent, ou cela lui jouerait des tours. Il ne savait même pas si Joe resterait pour la nuit...

Comme il patientait, la bouteille ouverte à la main, Randy sortit précipitamment deux verres à pied du placard. Il laissa Joe les remplir, puis ils trinquèrent et allèrent s'accouder à la fenêtre du salon pour savourer tranquillement le vin.

— Très bon choix, apprécia Randy. Il est délicieux.

Il vit le regard clair de Joe s'attarder sur ses lèvres, et répondit aussitôt à cette invitation muette. Il lui semblait qu'il ne se lasserait jamais de ses baisers. Ce fut sans doute pour cette raison que le dîner dura interminablement, parce qu'ils ne pouvaient pas se retenir de s'embrasser aussi souvent qu'ils le voulaient.

Arrivés au dessert, leurs lèvres partagèrent la saveur exquise du chocolat et les derniers verres de vin leur firent un peu tourner la tête, de la meilleure des façons. Ils débarrassèrent la table en riant, enlacés dans une douce ivresse, chacun appréciant la présence de l'autre et décelant dans son regard les plus belles promesses.

« Merci pour cette soirée. Tu cuisines très bien, et je suis tombé amoureux de ton fondant au chocolat », rédigea alors Joe sur son téléphone.

Randy rit de bon cœur : personne ne résistait jamais au chocolat. Il saisit Joe par la taille et murmura ensuite :

— Ce n'est pas obligé de se terminer tout de suite… Fox est avec nous, alors rien ne te force à partir si tu n'en as pas envie.

Jonathan baissa les yeux en rougissant, jouant nerveusement avec un des boutons de la chemise de Randy.

Ce dernier ne réagit pas immédiatement, laissant son regard s'égarer vers le chien qui s'était roulé en boule dans un coin du salon et semblait prêt à commencer sa nuit. Il ne put s'empêcher de sourire, avant de relever le menton de Joe vers lui d'une main.

— Je veux dire qu'on pourrait regarder un film, par exemple… Ça te dirait ?

Joe répondit grâce à son portable : « D'accord. Et… je n'ai pas vraiment envie de partir, si tu veux savoir ».

— Alors viens là, répondit Randy.

Ils allèrent s'installer sur le canapé, débattant quelques minutes sur ce qu'ils allaient regarder. Randy alluma la télé et, quand ils tombèrent sur une énième diffusion de *Friends*, ils hochèrent la tête en même temps.

Ils étaient très différents l'un de l'autre, pourtant leurs goûts se rejoignaient dans de nombreux domaines. Et une série légère de ce genre suffisait pour ce soir-là, parce qu'elle leur permettait de continuer à s'embrasser et échanger autant qu'ils le voulaient.

Randy s'étonnait encore de la rapidité avec laquelle ils s'étaient habitués à communiquer de la façon dont ils le faisaient, quand cela aurait sans doute été un problème pour d'autres. Il ne faisait même plus la différence avec une conversation orale, cela lui semblait naturel d'attendre les réponses de Joe ou de guetter ses réactions. Dès qu'il maîtriserait parfaitement la langue des signes, ce serait encore plus facile.

Ils avaient commencé par s'installer assis l'un à côté de l'autre, mais bientôt Joe se retrouva allongé sur le côté, la tête posée sur les cuisses de Randy. Ce dernier caressait machinalement ses cheveux, laissant parfois ses mains s'égarer le long de ses bras ou sur son flanc. De son index, Joe traçait des formes invisibles sur le genou de Randy, que son short laissait à découvert. C'était tendre et cela ressemblait déjà à quelque chose d'habituel pour eux.

Plusieurs épisodes passèrent ; ils en étaient à celui dans lequel Rachel se fait faire un tatouage quand Randy osa murmurer :

— J'adore tes tatouages, au fait. Ça te va très bien.

Il sentit distinctement le corps de Joe se contracter contre lui, mais il s'y attendait et continua à jouer avec ses cheveux d'un geste apaisant.

Joe attrapa son téléphone et, après avoir tapé quelques mots, le lui tendit. « Comment tu sais ?... Tu les as vus ? », avait-il écrit.

— Bien sûr que je les ai vus, répondit-il sans réfléchir. Je t'ai malencontreusement déshabillé, le week-end dernier !

Il eut un petit rire, mais sa joie disparut lorsque Joe se redressa brusquement. Aussitôt, Fox se leva et s'approcha d'eux, aux aguets. Il ne dormait pas si profondément, en fin de compte.

— Désolé, déclara Randy, je croyais que tu m'avais dit que tu t'en rappelais…

Jonathan le contempla longuement, lèvres pincées. Une incroyable tension émanait de lui, mais Randy saisit sa main et le regarda dans les yeux, jusqu'à le voir se détendre peu à peu. Fox dut le sentir également puisqu'il revint se coucher dans son coin.

« Oui, je m'en souviens. Mais je n'avais pas réalisé… », répondit-il finalement.

— D'accord. Je comprends. Est-ce que ça va ?

Joe finit par hocher lentement la tête, une lueur anxieuse dans le regard tandis qu'il cherchait celui de Randy. Il s'excusa avec des signes.

— Je peux te poser une question ? Tu n'es pas obligé de répondre, si tu n'en as pas envie.

Nouveau hochement de tête. Joe semblait retenir son souffle en attendant que Randy reprenne la parole.

— Est-ce que… est-ce que tu caches tes tatouages ? Parce que c'est dommage, ils sont magnifiques. Ils ne te plaisent plus ? Heu, désolé, j'avais dit une question… je suis incorrigible !

Randy vit un petit sourire étirer les lèvres de Joe, il ne s'était donc pas aventuré sur un terrain trop dangereux. Son amant se pencha sur son portable pour rédiger sa réponse.

« Ils me plaisent… mais ils me rappellent une certaine période de ma vie. De mauvais souvenirs. Je n'aime pas en parler, et j'ai peur que les gens me posent des questions s'ils les voient alors oui, en quelque sorte, je préfère les cacher. »

— Je vois… Et si je te promets de ne plus rien te demander à ce sujet, jamais, tu accepterais de me laisser les voir ?

Sa question resta suspendue dans le silence, pendant un très long moment. Joe ne quitta pas Randy des yeux une seule seconde, comme s'il pesait intérieurement le pour et le contre. Il se soumit à ce jugement muet, espérant de toutes ses forces que Jonathan croirait assez en lui, en eux, pour accepter.

Enfin, il le vit s'asseoir de façon à se retrouver en face de lui sur le canapé, puis retirer lentement son sweatshirt. Ce fut au tour de Randy de retenir son souffle – c'était à peu près ce qu'il avait imaginé quelques heures auparavant, Joe torse nu avec seulement son jean et ses bottines, dévoilant ses tatouages à son regard.

Le jeune homme frissonna – ce ne devait certainement pas être à cause de la température puisqu'il faisait encore chaud malgré la nuit. Pour le rassurer, Randy se tourna davantage vers lui et murmura :

— Tu es sublime… Vraiment.

Comme Joe lui adressait un sourire timide, Randy le poussa doucement contre les coussins. Il contempla les dessins encrés sur ses bras et son torse ; ils étaient si noirs sur la pâleur de sa peau, à la fois si virils et délicats, poétiques…

Cela ranima le désir qui couvait au creux de son corps, mais il l'ignora. Ce moment était important, il ne voulait pas le gâcher en ayant la mauvaise réaction. Joe lui avait fait confiance, s'était révélé à lui… Il devait lui montrer qu'il avait eu raison de le faire.

Saisissant la main droite de Jonathan, il se pencha pour en embrasser la paume, puis le creux de son poignet. Ses lèvres effleurèrent ensuite son avant-bras, avant de remonter lentement jusqu'à son épaule.

Joe se laissa faire, visiblement emporté par les sensations, les yeux mi-clos. Du bout de la langue, Randy suivit le tracé de sa clavicule, avant de déposer des baisers dans son cou. Il était prêt à explorer son corps tout entier de cette façon, mais cela viendrait plus tard.

Pour être certain que tout allait bien, il adressa à Joe un regard interrogateur, auquel celui-ci répondit par un doux sourire. Randy continua, encore et encore, faisant le chemin en sens inverse et recommençant inlassablement. Joe posa soudain ses deux mains sur les joues de Randy et l'attira à lui pour l'embrasser.

Alors qu'ils reprenaient tous les deux leur souffle, Joe continua à observer Randy d'un air émerveillé. Ce dernier finit par déclarer :

— Je ne peux pas te faire oublier tes mauvais souvenirs, ils font partie de toi autant que tes tatouages… mais sache que tu n'as pas à cacher ça quand tu es avec moi.

Joe hocha la tête, les yeux brillants d'émotion. Il reprit son téléphone et répondit : « Tu m'aides à me dépasser, et tu n'imagines pas à quel point j'ai besoin de ça, à quel point ça me fait du bien. J'ai l'impression de faire d'énormes progrès depuis que je te connais ».

— Sûrement parce que c'est le cas, murmura Randy sans réellement comprendre à quoi il faisait allusion. Je suis juste là pour te soutenir, c'est toi qui fais tout le boulot !

Jonathan sourit et le remercia en signant, avec une telle reconnaissance au fond de ses yeux que Randy eut soudain l'impression d'être un surhomme.

Il entoura son amant de ses bras et s'allongea sur le canapé en le tenant contre lui, comme durant la première nuit qu'ils avaient passée ensemble. Beaucoup de choses étaient différentes depuis, mais il leur restait encore un long chemin à parcourir.

Les deux hommes se replongèrent dans la série, tendrement enlacés.

— Tu peux te rhabiller, si tu préfères, chuchota Randy.

Joe secoua la tête avec un sourire. Randy fut si touché qu'il ne put prononcer un seul mot, se contentant de resserrer son étreinte autour de lui. Ils demeurèrent silencieux après ça, respirant au même rythme, plus proches qu'ils ne l'avaient jamais été.

Randy sentait le sommeil arriver lorsqu'il réalisa que Joe s'était endormi dans ses bras, son souffle lent s'égarant sur sa peau en une caresse invisible.

Avec des gestes précautionneux, il réussit à soulever Jonathan sans le réveiller et le porta jusqu'à sa chambre, à l'étage. Il dut se battre avec son jean pour réussir à le lui retirer, mais Joe était si profondément endormi qu'il n'ouvrit même pas un œil.

Sur le pas de la porte, Fox le regardait faire attentivement. Se relevant, Randy lui caressa la tête et murmura :

— Ne t'en fais pas, je prendrai soin de ton maître.

Le chien lui lécha les doigts puis se coucha dans le couloir, à côté de la porte. Il était tellement fidèle et protecteur… c'était rassurant de savoir qu'il veillait sur Joe quand il lui paraissait si vulnérable.

Randy descendit pour éteindre les lumières et la télévision, puis remonta dans sa chambre. Il retira ses vêtements jusqu'à se retrouver en boxer, puis se coucha auprès de Joe.

Un instant, il se demanda si c'était la bonne chose à faire… Mais ils étaient adultes après tout, ils pouvaient dormir ensemble même si leur relation n'en était qu'à ses débuts, même si tout paraissait extrêmement fragile entre eux.

À ses côtés, Joe bougea avant de se blottir contre lui, lui apportant la réponse : c'était la meilleure chose à faire.

~

Quand il ouvrit les yeux le lendemain matin, Joe était déjà éveillé et le regardait. C'était si agréable, si différent de ses habituels réveils solitaires que Randy sentit son cœur rater plusieurs battements.

— Bonjour, murmura-t-il dans un sourire. Bien dormi ?

Joe acquiesça de la tête, l'air paisible, avant de lui demander par signes s'il avait son téléphone.

— Mince, je l'ai laissé en bas ! Mais attends, le mien doit être par là…

Il se pencha au bord du lit pour fouiller dans son short puis se retourna vers Joe, le portable à la main.

— Désolé, je suis un gros fainéant ! plaisanta-t-il avant de le déverrouiller et de le lui tendre.

Jonathan rigola silencieusement. Quelques secondes plus tard, il avait écrit : « Je suppose qu'on est dans ta chambre… J'ai encore oublié quelque chose ou on a simplement dormi ?! ».

— On a dormi, s'amusa Randy. Comme des marmottes ! Je n'ai pas eu le courage de te réveiller hier soir, j'espère que ça ne te dérange pas ?

Le jeune homme secoua la tête et se rapprocha de lui. Ils s'enlacèrent quelques instants, mais Joe interrompit leur étreinte en écrivant : « Accorde-moi juste une minute… Où est ta salle de bain ? ».

— Juste en face de la chambre.

Il regarda Joe se lever et contourner le lit dans les lueurs matinales, vêtu de son simple boxer. De crainte qu'il ne panique, Randy lui demanda :

— Tu veux que j'aille chercher ton haut ?

Mais Joe signa quelque chose qui ressemblait à « ça va aller », et il n'insista pas. Quelques minutes plus tard, ils étaient à nouveau réunis entre les draps. Il n'y avait pas de peurs, pas de doutes ni d'interrogations, juste eux deux et ce qu'ils apportaient l'un à l'autre.

Jonathan gardait le téléphone à portée de main pour écrire à Randy les choses qui étaient trop compliquées à exprimer par des signes. Ils en arrivèrent à une longue discussion :

« Merci… Je me sens tellement bien, j'ai du mal à y croire. »

— Tu n'as pas à me remercier ! Mais je suis content de savoir ça.

« Je n'ai pas envie de sortir de ce lit… »

— Il est confortable, n'est-ce pas ? Mais un peu possessif, par contre… Pas dit qu'il te laisse partir comme ça !

« Il faudra bien, un jour ou l'autre… On ne pourra pas rester là éternellement ! »

— Hum… ouais, ouais. Un jour ou l'autre…

Randy passa un bras autour de la taille de Joe.

« Je rêve ou tu essaies de me capturer ? »

— C'est exactement ce que je fais. Je suis encore plus possessif que le lit… Voilà, tu es mon prisonnier.

« Je ne peux même pas appeler au secours, je suis foutu… »

— Oh oui ! Tu ne t'échapperas pas…

Randy ponctua sa dernière phrase de langoureux baisers dans le cou de Joe. Ce dernier frissonna et se tortilla sous son emprise tout en riant silencieusement.

Randy s'arrêta pour mieux le contempler, émerveillé par son expression. Il avait fait de son mieux pour refreiner son désir jusque-là, mais se réveiller près de Joe, le voir sourire ainsi et le sentir bouger contre lui, c'était plus que sa résistance ne pouvait supporter.

Il redressa la tête et posa ses lèvres sur celles de son amant, amorçant un baiser lent et sensuel. Peu à peu, il sentit le corps de Joe redevenir docile contre le sien, puis les mains de celui-ci se glissèrent dans ses cheveux.

Randy gémit doucement et se retourna sur le dos, l'entraînant avec lui. Ils échangèrent un regard ; le temps sembla se suspendre à ce moment-là. Les prunelles de Joe brillaient du même désir que Randy éprouvait et dont chacun pouvait sentir la preuve entre leurs corps.

Il fit glisser ses mains sur le dos nu de Joe, arrêtant ses doigts sur l'élastique de son boxer. Le jeune homme se cambra contre lui comme pour obtenir un peu plus de contact, reprenant le baiser que Randy avait interrompu.

— Est-ce que… tu veux… On peut encore s'arrêter là, balbutia Randy un moment plus tard.

C'était pour le prévenir, pour ne plus brûler les étapes… parce que si Joe continuait à l'embrasser ainsi, il ne pourrait plus rien contrôler.

Mais Joe continua à l'embrasser.

Randy gronda contre ses lèvres, les faisant basculer pour qu'ils se retrouvent sur le côté, face à face. Il glissa une jambe entre celles de Joe, qui enroula ensuite une des siennes autour de sa hanche. Leurs ventres se pressèrent l'un contre l'autre, ne faisant que renforcer leur excitation.

— Tu ne veux pas m'arrêter ? demanda Randy.

Joe secoua la tête. Il tremblait un peu contre lui et ne le quittait pas des yeux. Ils portaient encore leurs sous-vêtements mais quand il ondula du bassin, la sensation fut déjà époustouflante.

— Déshabille-moi, chuchota Randy.

Les quelques secondes de séparation pour se débarrasser de leurs boxers furent presque insupportables ; ils n'eurent ensuite plus assez de leurs mains et de leurs lèvres pour s'accrocher l'un à l'autre.

L'entrejambe de Randy entra en contact avec celui de Joe et il eut l'impression de voir des étoiles. À nouveau, son amant se cambra contre lui avec un soupir entrecoupé, comme s'il était déjà à bout de souffle.

— C'est trop bon, confirma Randy en cherchant son regard.

Joe approuva d'un battement de cils, les pupilles dilatées d'excitation au milieu de ses iris bleus. Alors Randy posa une main sur sa nuque pour lui maintenir la tête pendant que l'autre se glissait entre eux et s'enroulait autour du sexe de Joe.

Celui-ci ferma momentanément les yeux, assailli par le plaisir. Puis il fit la même chose et ils se caressèrent mutuellement, partageant un même souffle laborieux et la chaleur de leurs corps enlacés.

C'était plus que ce qu'ils avaient espéré et moins que ce qu'ils avaient imaginé, c'était trop et pas assez à la fois, un bonheur douloureux dont ils ne pourraient jamais se lasser ni se satisfaire.

Il ne leur fallut pas longtemps pour atteindre l'apogée de leur plaisir. Le monde sembla éclater silencieusement autour d'eux avant de se remettre en place, dans un agencement différent de celui d'avant parce que les choses avaient à nouveau changé entre eux.

Ils s'embrassèrent et se câlinèrent longuement pour se remettre. Joe tremblait de tout son corps et Randy était complètement chaviré, mais c'était l'instant le plus parfait qu'ils aient vécu jusqu'alors.

La matinée était bien avancée lorsqu'ils se décidèrent enfin à quitter le lit. Une fois rhabillés à la hâte, Joe sortit Fox pendant que Randy préparait leur petit-déjeuner.

Ils restèrent silencieux autour des pancakes et de leurs tasses de café, mais c'était un silence serein, complice, rempli de sourires et de regards échangés.

Joe semblait apaisé et Randy ne put s'empêcher de se dire qu'ils étaient, peut-être, sur la bonne voie. C'était difficile de ne pas y penser quand tout le poussait à y croire.

Ils étaient en train de débarrasser quand Randy déclara :

— Au fait, je dois m'absenter la semaine prochaine... C'est le boulot, il faut que je sois à Chicago de jeudi à dimanche pour un congrès.

Il l'avait appris quelques jours auparavant et n'y avait plus repensé jusque-là. Joe l'observa quelques secondes avant de hocher furtivement la tête. Puis il s'approcha et noua ses bras dans le dos de Randy, enfouissant son visage dans son cou.

— Oh, je... Tu vas me manquer aussi, chuchota finalement Randy.

Il le serra contre lui, embrassant les mèches châtains. Il comprenait de mieux en mieux les réactions de Jonathan, peut-être parce que ce dernier s'ouvrait de plus en plus à lui.

Fox les rejoignit en jappant à ce moment-là et réclama sa part de câlins, ce qui les fit rire tous les deux.

— Mince, je n'ai pas de croquettes pour toi ! lui dit Randy. Est-ce qu'il peut manger des pancakes ? demanda-t-il ensuite à Joe.

« Exceptionnellement », écrivit celui-ci avec un sourire attendri.

Randy rassembla donc les restes de leur petit-déjeuner dans une assiette, qu'il posa à leurs pieds. Le chien n'eut pas besoin d'autre invitation pour déguster son repas, comme s'il s'était déjà habitué à passer du temps chez Randy.

Ce dernier observa Joe, qui contemplait son chien d'un air songeur. Il aurait aimé savoir ce qu'il pensait à ce moment-là, si tout ça l'effrayait ou si au contraire cela le rendait heureux, mais Joe ne dit rien. Il se contenta de lui sourire, ce qui était déjà bien suffisant.

La journée passa dans cette ambiance paisible et tendre. Ils ne firent rien d'autre que paresser, parfois communicant et parfois en silence, mais appréciant toujours d'être l'un avec l'autre.

En fin d'après-midi, quand Joe décida de s'en aller, ils avaient tous les deux l'impression d'avoir beaucoup avancé.

Pendant tout le temps passé ensemble, il n'y avait eu que des baisers, des caresses, quelques confidences… Joe ne s'était pas esquivé une seule fois, il n'avait pas fui. C'était comme si tout ce qui le retenait s'était évanoui, le laissant profiter de ce que Randy avait à lui offrir.

Ils étaient tous les deux heureux et extrêmement reconnaissants, se sentant comme bénis des dieux de pouvoir éprouver cette douce sensation amoureuse qui grandissait lentement en eux.

— À demain, susurra Randy qui avait accompagné Joe à sa voiture.

Ce dernier lui répondit par un baiser. Ses yeux brillaient tant que Randy ne put effacer cette expression de sa mémoire de toute la soirée.

SURRÉALISTE

Le jeudi suivant, il était six heures du matin quand Randy s'installa au volant de sa voiture. Il devait être à l'aéroport de Los Angeles une heure plus tard, ce qui lui laissait le temps d'y arriver sans se presser... ou, pourquoi pas, de s'arrêter rapidement chez Joe. Ils avaient passé un peu de temps ensemble la veille mais ce n'était pas suffisant – le serait-ce un jour ?

Randy regarda les premières lueurs du jour éclairer le ciel et se décida. Joe se levait aux aurores, c'était pour cette raison qu'il se rendait tous les jours sur le banc de Santa Monica. Il avait donc le temps de lui apporter un café et de repartir avec le goût de ses baisers pour l'accompagner dans ces quelques jours de voyage.

Il sourit en démarrant la voiture. Le trafic était fluide à cette heure-là, il lui fallut peu de temps pour rejoindre Venice Beach. Avant de se rendre dans les canaux, il acheta deux cafés à emporter et une rose rouge chez un fleuriste qui recevait ses livraisons et n'avait pas encore ouvert sa boutique.

Randy était donc d'humeur très romantique lorsqu'il s'engagea, à pieds, vers la maison de Jonathan. Il ne l'avait pas prévenu mais après tout, le but était de lui faire une petite surprise.

Ce fut pourtant lui qui en eut une lorsque, en arrivant à portée de vue de la maison, il découvrit deux hommes enlacés sur la terrasse. L'un était Joe, évidemment, et l'autre lui tournait le dos – il y avait peu de chances que Randy le connaisse, de toute façon.

Il s'arrêta sur le chemin, le cœur battant désagréablement fort dans sa poitrine face à cette scène. Joe portait un simple short et un t-shirt, il fermait les yeux tandis que l'autre homme l'étreignait fermement, et la porte d'entrée de la maison était grande ouverte derrière eux.

Randy n'eut pas de mal à comprendre qu'ils se connaissaient de manière intime – surtout sachant ce qu'il savait sur Joe. Le seul fait qu'il ne cache pas ses tatouages avec cet homme en disait long.

Il eut soudain l'impression qu'une main glacée s'était refermée autour de sa gorge et cherchait à l'étouffer. La sensation de froid se diffusa dans le reste de son corps et il frissonna. Ce qu'il voyait évoquait en lui des souvenirs auxquels il ne repensait que rarement, mais qu'il ne pouvait pas totalement oublier.

Deux fois déjà on l'avait trompé, trahi ; il avait d'ailleurs surpris un de ses ex-compagnons dans une situation très similaire à ce qui était en train de se passer sous ses yeux. L'autre avait été plus discret, mais ça n'avait pas empêché Randy de découvrir la vérité au bout d'un moment… Alors, n'était-ce qu'une façon de boucler la boucle, comme disait le proverbe : « jamais deux sans trois » ?

Randy baissa la tête et son regard se posa sur les gobelets de café et la rose qu'il tenait à la main, comme un rappel douloureux de tout ce en quoi il avait cru.

Peut-être qu'il s'était trop précipité dans cette histoire, alors que tout lui disait de se montrer prudent. Ou peut-être que les choses n'étaient pas ce qu'elles semblaient être, mais Randy n'avait pas la force d'attendre pour en avoir le cœur net – il en avait assez vu.

Alors, sans même jeter un dernier regard vers Joe, il tourna les talons et revint sur ses pas. La première poubelle qu'il croisa accueillit les deux cafés et la rose ; il y aurait bien jeté son cœur s'il avait pu, pour éviter de souffrir encore inutilement.

De retour à sa voiture, il mit le cap sur l'aéroport et s'efforça de se concentrer sur la route, ou sur le travail qui l'attendait, pour faire taire les questions qui se bousculaient déjà dans sa tête.

Cela commençait à en faire un peu trop à propos de Jonathan…

~

Les quelques jours que Randy passa à Chicago furent un vrai cauchemar. Pas à cause du travail, parce qu'il aimait ce qu'il faisait, mais à cause de ce qui s'était passé avant son départ.

Impossible pour lui d'oublier la façon dont il avait vu Joe étreindre cet homme, avec plaisir et abandon, un peu comme il le faisait avec lui. Il avait la dérangeante impression d'avoir été indiscret, d'avoir vu ce qu'il ne devait pas voir… et pour cause !

Qui pouvait bien être cet homme ? Joe lui avait dit ne pas avoir d'amis dans cette ville, et seul son frère y vivait également. À moins qu'il ne lui ait menti… Mais famille ou amis, on ne se rendait pas visite à six heures du matin !

Joe était forcément proche de cet homme. Il semblait à l'aise avec lui, vêtu d'une façon qui ne lui était pas habituelle, comme s'il venait tout juste de se lever. Ses tatouages étaient visibles, or il avait avoué à Randy qu'il les cachait pour ne pas évoquer certains souvenirs ou éviter les questions. Cela signifiait donc que cet homme était dans la confidence, que Joe lui avait parlé.

Mais s'il avait menti sur le reste, il avait très bien pu le faire pour ses tatouages aussi. C'était le problème : ce que Randy avait vu remettait en question tout ce qu'il avait cru connaître de Joe jusque-là.

Il avait toujours eu la lointaine sensation de ne pas savoir l'essentiel, de ne le connaître qu'en surface, d'après ce qu'il avait bien voulu lui révéler... Et si tout cela était faux, alors que lui restait-il ? Pas grand-chose.

C'était le plus douloureux. Parce que Joe lui plaisait énormément et qu'il tenait déjà beaucoup à lui.

Cela faisait à peine un mois qu'ils se fréquentaient, et Randy avait eu peur de le perdre à deux reprises, il avait été dans tous ses états à cause de lui, mais ce qu'il ressentait était si bon, si intense... Jamais auparavant il n'avait éprouvé ça. Jamais il n'était tombé amoureux si vite... et d'après ce qu'il ressentait, il doutait d'avoir réellement aimé avant Joe.

Alors que faire, à présent ?

Exiger une explication et poursuivre leur histoire, en sachant qu'il ne pourrait plus faire totalement confiance à Joe ?

Ou bien s'arrêter là sans chercher à en savoir davantage, pour éviter que les choses deviennent plus pénibles ?

Randy retourna la question dans tous les sens durant son séjour sans pouvoir se décider. Les doutes et l'incertitude pouvaient blesser, mais certaines vérités faisaient parfois plus de mal encore…

Le pire était que Joe ne se doutait de rien et lui envoyait des textos comme il avait toujours l'habitude de le faire, du moins le premier jour. Randy se contenta de lui dire qu'il était bien arrivé et, plus tard, qu'il était très occupé, quand Joe s'alarma de son silence.

Il ne pouvait pas faire comme si de rien n'était, pas plus qu'il ne pouvait en parler à Joe alors que des centaines de miles les séparaient et que ce n'était pas le genre de discussion à prendre à la légère.

La seule chose qui parvint réellement à distraire Randy fut de croiser Lyang, une amie chinoise qu'il avait rencontrée à Shanghai alors qu'il y séjournait. Elle était là pour le travail aussi, mais elle promit à Randy de lui rendre visite à Los Angeles durant l'été, avec son mari et leur petite fille.

Il ne lui parla pas vraiment de Joe, se contentant de lui dire qu'il n'était « pas exactement célibataire » lorsqu'elle lui posa la question – et cela lui creva le cœur de dire ça, parce qu'il aurait bien aimé crier haut et fort qu'il avait enfin trouvé l'homme idéal.

À bien des égards, Joe aurait pu l'être.

Randy se fichait qu'il soit muet, et il pouvait composer avec ses secrets, avec ce passé dont il ne savait rien et qui semblait encore beaucoup trop présent, mais certainement pas avec l'infidélité, si c'était le cas.

Il rentra chez lui le dimanche en fin de matinée, complètement épuisé. Il ne dit rien à Joe malgré les messages envoyés par celui-ci et finit même par éteindre son portable pour ne pas être tenté de lui écrire.

Il lui fallait encore un peu de temps pour se décider. Juste quelques heures, puis une bonne nuit de sommeil dans son lit, et il affronterait tout ça. Mais à ce moment-là, cela lui était impossible. Il était fatigué, autant physiquement que mentalement, assailli de doutes et de questions, tour à tour en colère ou triste à en pleurer…

Les quelques jours d'éloignement n'avaient rien arrangé, en fin de compte. Randy avait espéré que la distance lui permettrait d'y voir plus clair, de relativiser, mais cela n'avait fait qu'empirer les choses.

Il n'avait pas voulu voir ce qui s'était passé ensuite entre Joe et cet homme… Il avait fui et cela lui ressemblait si peu qu'il ne se reconnaissait pas lui-même, d'autant plus qu'il continuait à le faire. Au point où il en était, cependant, quelques heures de plus ou de moins ne feraient pas grande différence.

Ce n'était pas son genre de se laisser submerger ainsi par de tels soucis, il n'avait pas l'habitude d'être autant à vif sur le plan émotionnel.

Là aussi, c'était un problème : Joe avait tout bouleversé en lui. À partir du moment où il lui avait adressé la parole la première fois, tout son univers avait été chamboulé. Rien n'était plus comme avant depuis que Joe était rentré dans sa vie, et il n'était pas certain que cela le serait à nouveau un jour.

~

Le lundi matin, Randy partit pour Santa Monica, le cœur serré.

Il avait finalement envoyé un message à Joe la veille pour lui dire qu'il était rentré tard et qu'il était fatigué, qu'il le rejoindrait sur le banc comme à leur habitude. Jonathan n'avait pas répondu mais la soirée était déjà bien avancée, il était peut-être en train de dormir.

Randy ne se sentait pas beaucoup plus résolu que la veille, mais il ne pouvait pas éternellement retarder le moment de revoir Joe, surtout après lui avoir très peu parlé durant les derniers jours. Le jeune homme devait se douter que quelque chose n'allait pas, et Randy détestait l'idée de le faire souffrir mais… certaines choses étaient juste intolérables pour lui.

Il constata que le banc était vide avant même d'y arriver. Randy fronça les sourcils et consulta son portable : le message avait bien été envoyé et il n'avait toujours pas de réponse, ce qui ne voulait pas dire pour autant que Joe ne l'avait pas vu.

Était-il en retard ou avait-il simplement décidé de ne pas venir ? Randy eut l'impression de revenir quelques semaines en arrière, ce qui ne fit que le tourmenter davantage.

Prenant son mal en patience, il alla quand même s'installer sur le banc et attendit de longues minutes. Toujours aucune trace de Joe, mais les questions continuaient à déferler dans sa tête.

À tout hasard, il lui envoya un message pour lui dire qu'il l'attendait, et il resta là encore un long moment, dans le silence et la solitude les plus pesants qu'il ait jamais connus.

Quand il devint évident que Joe ne viendrait plus, Randy se leva et repartit en direction de sa voiture. Il fit un détour pour passer dans la rue de *Rosalie's Books*, pas certain de trouver le courage d'y entrer pour voir si Joe s'y trouvait.

Il n'eut pas besoin de le faire, puisqu'en s'approchant, il vit clairement la silhouette familière du jeune homme entrer dans la petite boutique.

Randy s'arrêta sur le trottoir, le cœur battant à tout rompre.

Ainsi, Joe était venu juste au moment de travailler. Il avait délibérément ignoré le rendez-vous et les messages de Randy, et n'était donc pas allé s'asseoir face à l'océan, pour admirer l'horizon parce que cela l'apaisait…

Quelque chose n'allait pas, c'était certain. Mais était-ce parce qu'il avait senti que Randy était distant et qu'il fuyait comme il l'avait l'habitude de le faire, ou bien parce qu'il avait quelqu'un d'autre dans sa vie ?

Randy en était à cette question épineuse, toujours immobile sur le trottoir, lorsqu'il vit Joe ressortir de la librairie. Étrange, puisqu'il y était censé y travailler… Mais, plus étrange encore, il marcha droit vers lui et passa à ses côtés sans s'arrêter, lui adressant à peine un regard indifférent.

Randy fut tellement surpris qu'il mit dix bonnes secondes à réagir. Enfin, il se retourna et s'élança sur les talons de Joe.

— Hé, Joe, attends-moi ! s'exclama-t-il. Hé ! répéta-t-il comme le jeune homme continuait son chemin.

Il dut se mettre à courir pour le rattraper, sentant en lui la surprise laisser place à une colère mêlée de tristesse. Lorsque Randy se retrouva à la hauteur de Joe, il l'interpella :

— Dis donc, tu n'es quand même pas obligé de m'ignorer !

— On se connaît ? répliqua alors Joe.

Randy eut l'impression que le ciel lui tombait sur la tête. Dans quelle espèce de réalité parallèle s'était-il réveillé ce matin-là pour que tout soit si différent ?!

Il resta bouche bée quelques secondes puis s'écria bêtement :

— Ah parce que tu parles, maintenant ? C'est quoi ce bordel ?

Le jeune homme le regarda sans comprendre, puis une lueur s'alluma dans ses yeux clairs et il l'interrogea :

— Tu ne serais pas Randy, par hasard ?

— Bien sûr que je suis Randy ! Qu'est-ce qui se passe, bon sang ?

Il était sans doute devenu fou. C'était ce qui se passait quand on tombait amoureux très vite et que tout était trop compliqué dans cette relation.

— Ce serait plutôt à moi de te poser la question, reprit le châtain. Je peux savoir pourquoi tu t'amuses à rendre mon frère dingue ? Ce n'est pas parce qu'il dit rien qu'il faut se foutre de sa gueule !

Le ton était glacial, agressif, mais Randy cessa d'en tenir compte à partir du moment où il entendit le mot « frère ». Il lui semblait que son cerveau tournait dans le vide, incapable de saisir une information qui paraissait pourtant évidente.

— Ton… ton frère ? balbutia-t-il à mi-voix.

— Oui, mon frère ! Jonathan, ou Joe, peu importe ! Tu l'as déjà oublié ?

— Mais… Non, bien sûr que non !

La lumière se fit enfin dans son esprit et il demanda :

— Donc tu es Nick, c'est ça ?

— Quelle perspicacité ! Et dire que Joe se rend malade à cause de toi…

Randy encaissa le coup, désorienté. Il savait que Joe avait un frère, évidemment, puisqu'il lui en avait parlé plusieurs fois et que le samedi du mariage de Nick – Joe en costume ! –, restait pour lui un souvenir très particulier.

Mais pourquoi ne lui avait-il jamais dit que c'était son frère jumeau ? Ils étaient exactement semblables et même encore, Randy n'était pas certain de pouvoir le croire tant il avait l'impression de voir Joe.

Il fit cependant abstraction de ce détail, qui était loin d'en être un, lorsqu'il enregistra la dernière phrase de Nick.

— Se rendre malade ? Qu'est-ce que tu veux dire ?

Nick, ou Joe, ou peu importe qui cela pouvait être, soupira longuement en fermant les yeux. Quand il les rouvrit, Randy constata qu'ils n'étaient pas aussi bleus que ceux de Joe, se rapprochant plus du gris-bleu que de la teinte azuréenne qu'il avait pris l'habitude d'admirer.

— Joe est incapable de sortir de chez lui depuis hier, lui révéla-t-il alors. Je suis venu ici pour prévenir sa patronne. Il fait des crises d'angoisse et il n'a pas voulu m'expliquer ce qui s'est vraiment passé mais c'est par rapport à toi. Putain, tu avais pourtant l'air de quelqu'un de bien !

— Joe t'a… Il t'a parlé de moi ?

Randy sentit un flot de chaleur inonder son cœur, ce qui était ridicule et inapproprié vu la complexité de la situation.

— Bien sûr qu'il m'a parlé de toi ! Pas beaucoup, mais assez pour me dire qu'il se sentait bien avec toi, qu'il te faisait confiance… Je ne sais pas ce qu'il t'a dit à toi, mais tu as dû remarquer qu'il est assez… fragile, non ?

La souffrance qui passa sur son visage à ce moment-là rappela tant à Randy celle de Joe qu'il se mit à culpabiliser. Baissant les yeux, il vit l'alliance qui brillait à la main gauche du jeune homme. Il s'agissait bien de Nickolas.

— Je ne sais pas si tu te rends compte, poursuivit celui-ci, mais mon frère ne voit pas beaucoup de monde, pour ne pas dire personne. Quand il accorde sa confiance à quelqu'un, ce n'est pas pour rigoler, tu vois ?! Je ne sais pas ce qui s'est passé entre vous pour que tu te mettes à l'ignorer du jour au lendemain, mais j'espère que tu as une bonne raison de le faire !

— Pourquoi j'aurais forcément tous les torts ? répliqua Randy, que les remarques et le ton acerbe de Nick commençaient sérieusement à atteindre.

— Parce qu'on parle de Joe, putain ! Tu vois bien qu'il est incapable de faire du mal à qui que ce soit, non ?

Il m'en a fait pourtant, songea Randy en se rappelant très précisément de Joe dans les bras de l'autre homme.

— Honnêtement, j'étais prêt à faire quelque chose pour que ça s'arrange entre vous, parce que Joe semblait tellement mieux depuis qu'il était avec toi… Mais je ne sais pas, est-ce que ça vaut la peine ? Je sais que mon frère doit vivre sa vie mais je ne supporte pas qu'on le prenne pour un con !

— Qu'on le prenne pour un con ? répéta Randy, bel et bien énervé cette fois. Et si c'était le contraire, hein ?

— Pardon ?! J'aimerais bien savoir comment…

Nick s'interrompit tandis qu'un couple passait près d'eux. Tout à leur discussion, ils avaient presque oublié qu'ils se trouvaient en pleine rue et que tout le monde pouvait les entendre. Il examina Randy d'un œil critique puis reprit tout bas :

— Tu m'expliques ?

— J'ai dû aller à Chicago pendant quatre jours pour le boulot… Joe était au courant. Avant de partir, j'ai voulu passer chez lui pour lui dire au revoir et…

La voix de Randy n'était plus qu'un murmure lorsqu'il termina sa phrase :

— Je l'ai surpris avec un autre homme.

— Quoi ? Tu rigoles ! s'exclama Nickolas, incrédule.

Le blond haussa les épaules. Il aurait effectivement préféré que tout ça ne soit qu'une plaisanterie.

— Ce n'est pas possible, reprit Nick.

— Je ne mens pas ! Tu veux une explication, je te la donne, c'est tout !

— Non, je veux dire… Je pouvais à peine le croire quand Joe m'a dit qu'il fréquentait enfin quelqu'un, alors… deux mecs en même temps ? Non, impossible !

— C'est ce que j'ai vu, se défendit Randy.

Un silence gênant s'installa entre eux tandis que Nick semblait réfléchir. Randy se massa les tempes, au bord de la migraine. Il voulait se réveiller, parce que tout ça n'était sûrement qu'un cauchemar. Il voulait se réveiller pour revenir quelques jours en arrière et tout recommencer.

— C'était quand ? l'interrogea Nick. Que tu as vu Joe avec quelqu'un d'autre ?

— Jeudi matin. Tôt, vers six heures.

Il s'attendait à ce que Nick trouve des excuses à son frère, mais certainement pas à ce qu'il éclate de rire. *C'est du grand n'importe quoi*, se dit Randy. *C'est lui, ou eux, qui se foutent carrément de ma gueule, et je suis tombé dans le panneau !*

— C'était moi ! lui dit alors Nick en continuant à rire.

— Quoi ?

— C'était moi ! Jeudi matin… Je rentrais de ma lune de miel et je suis allé le voir tout de suite.

— À six heures du matin ? insista Randy, sceptique.

— Ça pose un problème ? Il y a un article de la loi californienne qui règlemente les heures de visite à sa famille ?

À nouveau, sa voix était agressive et toute trace d'amusement avait disparu de son visage. Comme Randy secouait la tête et commençait à battre en retraite, Nickolas le saisit par le bras et lui dit :

— Écoute… Je sais que ce n'est pas facile à comprendre quand on n'a pas de jumeau mais on est vraiment très, très proches, Joe et moi. On se voit au moins une fois par jour, souvent même plus, mais ces dernières semaines il a passé beaucoup de temps avec toi. Et puis… tu as vu comment il est. Je dois veiller sur lui. Il n'a que moi ici. Ça a été dur de partir, je n'aime pas le laisser seul mais je viens de me marier et je ne pouvais quand même pas l'emmener avec moi en voyage de noces !

Son expression de regret disait qu'il avait pourtant dû y songer.

— Joe m'a assuré que tout irait bien, et j'étais confiant parce qu'il avait l'air vraiment heureux, je ne l'avais pas vu comme ça depuis longtemps. Mais ça n'empêche pas que j'ai voulu aller le voir à la seconde où je suis rentré à Los Angeles…

Randy l'écoutait, le cœur serré. Les explications de Nick tenaient la route.

Il n'avait pas vu le visage de l'homme ce matin-là, mais sa taille et sa corpulence ressemblaient aux siennes. Il avait tellement envie d'y croire… Il préférait mille fois s'être trompé et devoir s'excuser auprès de Joe plutôt que continuer à penser que ce dernier n'était qu'un infidèle de plus.

— Et quelques jours plus tard, tout va mal, continua Nick. J'ai commencé à voir que Joe n'était pas très en forme samedi, et puis hier, il m'a appelé. Tu sais ce que ça signifie quand il m'appelle, Randy ? C'est le signal d'alarme dont on a convenu ensemble. Tant qu'il peut m'expliquer les choses par texto, c'est que ce n'est rien de grave. Mais s'il téléphone, c'est que… c'est une urgence. Quand je suis arrivé, il était en train de faire une crise d'angoisse. Pareil ce matin. Donc je suis désolé de t'avoir parlé comme je l'ai fait, mais… c'est mon frère, il est comme une partie de moi et je ne supporte pas qu'on lui fasse du mal. Il a assez souffert…

Ils échangèrent un long regard, en silence. Randy aurait aimé lui poser d'autres questions, lui demander toutes les explications que Joe ne voulait pas lui donner sur son passé, mais ce n'était certainement pas le bon moment pour ça.

— Je suis désolé, murmura-t-il enfin d'une voix rauque.

Et il l'était, vraiment. S'il avait imaginé que sa réaction provoquerait tout ça, s'il avait su gérer ses propres démons et faire passer Joe avant lui, rien ne serait arrivé. Mais il n'était pas parfait lui non plus, et Joe n'était pas le seul que la vie avait blessé.

Randy soutint son regard quand Nick l'observa attentivement comme pour juger de sa sincérité.

— Bon…, finit-il par dire. Je pense que ce n'était qu'un malentendu.

— Je vais aller voir Joe, décida Randy. Pour lui expliquer, m'excuser…

— Non, attends, l'interrompit Nick. Il vaut mieux que ce soit moi qui lui parle en premier. Il est… il est vraiment mal, je ne suis pas sûr qu'il veuille que tu le voies comme ça. Et tu peux penser ce que tu veux, s'emporta-t-il soudain, que je le protège trop ou quoi, j'en ai rien à foutre ! Il a suffi d'une fois, et…

Le jeune homme se tut, les poings serrés et la mâchoire crispée. Quoi qu'il soit arrivé à Joe dans le passé, ce devait être assez grave pour que cela continue de les hanter.

— Je n'en pense rien, et je n'ai rien à dire, répondit doucement Randy.

C'était vrai. Il avait côtoyé Joe assez longtemps pour savoir qu'il avait réellement besoin qu'on veille sur lui, et il le comprenait sans doute mieux que ne l'imaginait son frère. Ce dernier parut un peu étonné de sa réponse et déclara plus calmement :

— Désolé. Je m'emballe facilement quand il s'agit de Joe mais… je ne peux pas m'en empêcher.

— Je comprends.

— Tu tiens à lui, alors ? Vraiment ?

— Oui, répondit Randy d'une voix ferme. Plus que ça n'a jamais été le cas pour quelqu'un d'autre… et plus qu'il ne le croit, je pense. J'ai été nul mais je… je n'avais aucune intention de le faire souffrir, je te le jure.

— OK, murmura Nick.

Il lui adressa un sourire et soudain, Randy commença à distinguer toutes les petites différences qu'il n'avait pas vues au premier abord : la bouche de Nickolas était plus fine que celle de Jonathan, il faisait sensiblement la même taille mais il n'était pas aussi mince, et il était prêt à parier que les manches de sa chemise en jean ne dissimulaient aucun tatouage.

— Je reviens voir Joe, lui dit-il ensuite. Je vais lui parler, il faudra peut-être un peu de temps pour qu'il… pour que ça aille mieux, tu vois ? Je te ferai savoir quand tu pourras y aller.

Randy hocha la tête, à la fois soulagé et complètement désorienté par tout ce qu'il venait d'apprendre.

— Ça va aller, ajouta Nick. Il n'y a rien de grave. Je n'ai pas été sympa avec toi, je suis désolé.

— Ce n'est rien, assura Randy. J'ai été surpris… Joe m'a parlé de toi mais il ne m'a pas dit que vous étiez jumeaux.

— Oh, d'accord. Je comprends mieux ta réaction… Tu as dû avoir un choc ?!

— On peut dire ça !

Nick eut un petit rire, puis il tendit sa main à Randy. Celui-ci la serra sans hésitation tandis qu'il lui promettait de le tenir au courant. Randy le remercia, et ils se séparèrent quelques instants plus tard.

C'était le début de matinée le plus surréaliste qu'il ait vécu de toute sa vie.

SE RETROUVER

Les minutes parurent des heures durant tout le reste de la journée, jusqu'à ce que Randy reçoive un message d'un numéro inconnu :

« C'est Nick. J'ai parlé à Joe, il a bien réagi même s'il ne comprend pas tout à fait ta réaction… Enfin, vous verrez ça ensemble. Il n'est pas sûr de vouloir te voir, ça signifie qu'il veut te voir mais qu'il n'ose pas le dire. Donc tu peux y aller. Mais sois cool, d'accord ? J'ai décidé de te faire confiance, j'espère ne pas avoir à le regretter. »

C'était un peu douloureux de lire ça, mais Randy savait que ça en valait la peine, que Joe en valait la peine.

« C'est promis. Merci », répondit-il avant de se mettre en route.

Il était incroyablement nerveux lorsqu'il remonta la ruelle vers la maison de Joe, remarquant à peine les canards qui caquetaient dans une barque dérivant lentement sur l'eau.

Ses mains tremblaient lorsqu'il frappa à la porte. Il entendit Fox aboyer mais, comme Joe n'apparaissait pas, il frappa une deuxième fois. La porte s'ouvrit alors, révélant l'intérieur de la maison plongé dans la pénombre.

— Joe ? demanda Randy dans un souffle.

Celui-ci se montra enfin, semblant encore plus pâle et vulnérable qu'il ne l'était habituellement. Lorsque la vision de Randy s'ajusta à l'obscurité, il s'aperçut que Joe avait les yeux rouges, comme s'il avait longuement pleuré – ce qui était sans doute le cas –, et cela lui serra le cœur.

Il paraissait épuisé et flottait dans l'immense sweat qu'il portait. Les manches étaient si longues qu'elles lui recouvraient les mains ; il avait l'air d'un adolescent égaré, à la fois si beau et si touchant que Randy se sentait prêt à faire n'importe quoi pour lui.

— Je suis désolé, murmura-t-il simplement.

Il était souvent un adepte des longs discours, pourtant rien d'autre ne lui vint en tête à cet instant précis. Joe le considéra en silence durant quelques secondes, les plus longues de toute sa vie. Puis il hocha doucement la tête, avant de foncer sur Randy pour se blottir contre lui.

Avec un soupir de soulagement, celui-ci referma ses bras autour de Joe. Ce ne fut que lorsqu'il le sentit se combler qu'il se rendit compte du vide qui s'était creusé dans son cœur durant ces quelques jours.

— Je suis désolé, répéta-t-il encore et encore, berçant tendrement Joe et respirant avec délice le parfum de ses cheveux, de sa peau.

Leur étreinte dura si longtemps qu'ils en oublièrent le temps. Lorsque Joe se détacha en douceur de Randy, il semblait beaucoup moins tourmenté, et une lueur de désir dévorait son regard. Il fit claquer la porte d'entrée derrière eux, le poussa contre celle-ci puis se mit à l'embrasser.

C'était si inattendu que Randy eut plusieurs secondes d'hésitation avant de répondre à son baiser. Ils échangèrent un regard indécis, puis leurs lèvres se rencontrèrent avec la frénésie de ceux que la vie a voulu séparer, mais qui se sont montrés plus fort que tout jusqu'à se retrouver.

C'était Joe qui menait la danse, laissant s'exprimer ses envies. Dans ces moments-là, il n'avait plus rien de l'être triste et torturé qu'il était, mais devenait cet homme irrésistible que Randy voyait en lui depuis le début, celui qui électrisait ses sens et le rendait fou de désir.

— Joe…, soupira-t-il contre ses lèvres.

Celui-ci se recula imperceptiblement pour lui adresser un regard interrogateur.

— Tu m'as manqué, chuchota Randy. Mais je me posais tellement de questions… J'ai cru que j'allais devenir dingue.

Jonathan l'interrompit en posant doucement son index sur ses lèvres. Il l'embrassa au coin de la bouche, puis le long de la mâchoire, avant de mordiller le lobe de son oreille. Randy frissonna délicieusement et se laissa faire quand Joe lui prit la main pour l'entraîner dans la maison.

Il s'attendait à ce qu'il l'emmène au salon, mais la porte que poussa Joe s'ouvrit sur une chambre et soudain, il n'y eut plus aucun doute sur ce qu'il comptait faire du désir qui l'habitait.

Randy allait dire quelque chose, mais Joe le fit taire en l'embrassant. Ils n'avaient besoin de rien d'autre, à cet instant-là. Juste se retrouver, ressentir, et savourer ce bien-être dont ils avaient été privés durant ces quelques jours.

Il attira Joe contre lui en le saisissant par la taille ; ses doigts n'attendirent pas plus pour se faufiler sous le sweat qu'il portait et caresser toute la peau nue s'offrant à lui. Avec des gestes impatients, Joe le fit passer au-dessus de sa tête avant de s'attaquer aux boutons de la chemise de Randy.

Ils se retrouvèrent peau contre peau avec un soulagement qui les surprit tous les deux. Jamais auparavant ils n'avaient désiré quelqu'un de cette façon, comme si être ensemble n'était plus seulement une envie mais une nécessité.

Randy plongea ses mains dans les cheveux châtains de Joe et recommença à l'embrasser. Il avait cru ne plus jamais goûter à ses baisers, ce qui les rendait meilleurs encore. Quand il pencha la tête pour promener ses lèvres dans le cou de Joe, ce dernier inclina la sienne avec un soupir, s'abandonnant à lui.

Il le fit reculer en direction du lit, reprenant les rênes. Randy n'avait pas toujours été celui qui dirigeait mais avec Joe, cela semblait être une évidence. Le jeune homme était docile entre ses bras, réagissant à ses gestes et à ses initiatives avec une confiance qui le bouleversait.

Lorsqu'ils atteignirent le bord du lit, Randy s'arrêta et finit de se dévêtir. Sous le regard attentif de Joe, il se sentit nu de toutes les façons possibles. Les questions et les incertitudes des jours précédents s'effacèrent alors de sa mémoire pour qu'il puisse savourer cet instant.

Joe posa les mains sur son torse et partit à la découverte de son corps, le touchant comme s'il avait sous les doigts son bien le plus précieux. Randy ferma les yeux un instant, les rouvrant lorsque les caresses s'arrêtèrent. Joe se tenait également nu devant lui, et il était si magnifique qu'il en eut la gorge nouée.

Obéissant au désir qui le consumait, Randy poussa Joe sur le lit et embrassa ses lèvres, son torse, son ventre.

Quand il fut allongé, il s'installa entre ses jambes et refforma sa bouche autour de lui, comme la première fois qu'ils avaient cédé à leur envie.

Joe sursauta mais Randy le rassura en cherchant sa main pour entrelacer leurs doigts. Il continua durant quelques minutes, encouragé par les soupirs et les halètements de Joe, dont l'autre main était crispée sur les draps.

Randy le sentit bouger mais ne se recula pas, jusqu'à ce que Joe lui serre l'épaule. Il le relâcha en douceur et releva la tête, découvrant son amant qui lui tendait un préservatif. Derrière lui, le tiroir de la table de chevet était ouvert, et un petit tube de lubrifiant était posé près d'eux sur le lit.

Randy ne s'y attendait pas – ils n'avaient pas forcément besoin d'aller au bout des choses pour se donner du plaisir –, mais il sentit des étincelles se propager au creux de ses reins à cette vue.

— Tu… tu es sûr ? l'interrogea-t-il pourtant.

C'était ce qu'il lui avait demandé la première fois aussi, et Joe lui adressa le même hochement de tête déterminé. Un peu tremblant, Randy remonta vers le haut du lit pour embrasser ses lèvres.

Les volets de la chambre étaient à demi fermés, comme tous les autres de la maison. Dans cette douce pénombre, Randy prit son temps pour préparer Joe à l'accueillir en lui. Malgré leur désir dévorant, il garda des gestes tendres tout le long ; ce fut aussi tendrement qu'il prit possession de son corps après s'être protégé.

Il étouffait ses gémissements dans le cou de Jonathan quand celui-ci lui releva la tête des deux mains, cherchant son regard.

— Ça va ? s'inquiéta aussitôt Randy.

Joe le rassura d'un hochement de tête. Puis il signa rapidement quelque chose en désignant son oreille.

— Euh… Ah, tu veux m'entendre, c'est ça ?

Son amant acquiesça, les yeux brillants de désir. Il se mordit les lèvres lorsque Randy bougea prudemment en lui, et sourit quand ce dernier gémit à nouveau. C'était si bon qu'il n'aurait pas pu rester silencieux très longtemps, de toute façon.

Randy embrassa Joe qui s'accrochait à lui, les bras autour de son cou et les jambes nouées dans son dos. Ils trouvèrent leur rythme peu à peu, plus intimement liés qu'ils ne l'avaient jamais été.

La chaleur de leur étreinte les étourdit autant que le désir qu'ils éprouvaient ; c'était comme s'ils enflammaient un à un des feux d'artifices. Ils virent des étoiles, des étincelles et toutes les teintes du plaisir tandis qu'ils s'offraient l'un à l'autre pour la première fois.

Randy cria quand il sentit l'orgasme affluer en lui et glissa une main entre leurs corps pour provoquer celui de son amant. Joe le contempla d'un air émerveillé avant que la vague de jouissance ne lui fasse fermer les yeux à son tour.

Ils restèrent enlacés durant les quelques minutes qui suivirent, jusqu'à retrouver leur souffle et une certaine contenance. Après avoir effacé les traces de leurs ébats, ils se glissèrent hors du lit pour récupérer leurs boxers.

Joe avait le regard un peu fuyant et des gestes lents, aussi Randy lui prit la main pour attirer son attention.

— Tout va bien ? s'enquit-il à voix basse.

Joe l'observa longuement avant d'approuver d'un signe de tête. Il récupéra ensuite son téléphone dans la poche de son jean et lui écrivit : « Excuse-moi, je suis juste un peu… désorienté. Ça fait longtemps. Je me sens bizarre mais… c'était vraiment super ».

— Bizarre comment ? insista Randy, un peu inquiet.

Joe eut un petit sourire avant de désigner sa poitrine, ou plus précisément son cœur.

— Ah… Dans ce cas, c'est la même chose pour moi.

Il le ramena vers le lit, sur lequel ils se rallongèrent tous les deux. Joe posa sa joue contre le torse de Randy, qui lui caressait le dos du bout des doigts. Il laissa s'écouler de longues minutes avant de murmurer :

— C'est à toi de m'excuser, Joe. Je suis désolé d'avoir réagi comme ça, d'avoir mis cette distance entre nous sans même chercher à comprendre. Je ne m'attendais pas du tout à ça alors quand je t'ai vu, avec ton frère, je… j'ai pété les plombs. J'ai cru que tu avais quelqu'un d'autre et… c'était insupportable. Pardonne-moi. Pardonne-moi d'avoir douté de toi…

Joe releva la tête, le visage empreint d'une assurance que Randy ne lui avait jamais vue. Quand il l'embrassa tendrement, Randy ressentit un tel bonheur qu'il aurait pu en pleurer.

Le jeune homme attrapa ensuite son téléphone pour lui répondre : « C'est compréhensible… ne t'en fais pas pour ça ! ».

— Mais je t'ai fait du mal, insista Randy. Alors que j'avais juré de ne jamais t'en faire…

« Rien dont je ne puisse me remettre, ne t'inquiète pas. »

Joe reposa le téléphone pour effleurer de ses doigts le visage de Randy, comme s'il voulait garder le souvenir de ses traits jusque sous sa peau.

Randy se laissa faire, paisible et attentif. Leur relation était si spéciale, si forte… il se demandait comment il avait pu seulement en douter. Il crut se perdre dans les prunelles d'azur de Joe tant celui-ci l'observait intensément en poursuivant ses caresses.

Il s'interrompit pour reprendre son portable et lui écrivit : « Tu as déjà vécu ça, n'est-ce pas ? Être trahi par quelqu'un ? ».

— Oui..., répondit Randy au bout d'un moment. Deux fois, pour être précis. Et c'est... c'est de l'histoire ancienne, tu vois, mais depuis... je ne supporte pas l'infidélité.

Joe hocha la tête, l'air grave, avant de déposer quelques baisers sur son torse. C'était la première fois que les rôles s'inversaient, que c'était lui qui écoutait et qui essayait de le réconforter, et il s'en sortait à merveille. Randy s'était rarement senti aussi compris.

— Mais ce n'était pas une raison pour penser que tu étais comme ça, toi aussi, reprit finalement ce dernier. Je suis désolé.

« Je ne te ferai jamais ça, c'est promis », répondit seulement Joe.

Il n'avait jamais semblé aussi sûr de lui qu'en cet instant, et Randy fut incapable de ne pas croire en lui. Il avait douté, mais cette histoire n'était qu'un simple malentendu, et tout se terminait bien... mieux qu'il n'aurait pu l'imaginer.

— Nick t'a tout raconté, alors ? Il t'a dit que je l'ai pris pour toi ?!

Joe se mit à rire silencieusement en approuvant de la tête. Cela dessinait de petites rides au coin de ses yeux, mais la joie lui allait si bien que Randy aurait pu devenir humoriste rien que pour le voir rire ainsi éternellement.

« J'aurais dû te le préciser, c'est vrai. On ne fait plus attention, nous... Ça fait vingt-sept ans qu'on se supporte alors ça, notre ressemblance, c'est devenu un détail ! », lui écrivit-il.

— Un détail ? J'ai vraiment cru que c'était toi ! s'exclama Randy avec un sourire. Je n'y comprenais rien, et je lui ai même demandé comment c'était possible qu'il parle !

Il se mordit les lèvres après avoir prononcé cette phrase, mais Joe n'eut pas son mouvement de recul habituel. Il baissa seulement le regard, son sourire un peu plus forcé qu'auparavant.

— Hé, non ! murmura Randy en glissant un index sous son menton. Tu sais, je m'en fiche, que tu puisses parler ou pas...

« Pas moi », articula lentement Joe, en silence.

Il n'avait jamais avoué ça auparavant, et Randy fut bouleversé par cette confidence. Avant qu'il ne puisse répondre, Joe écrivit sur son téléphone : « Peu importe. Alors, tu trouves vraiment que je ressemble à Nick ? Il y a plein de différences pourtant. »

— Oui... au premier regard, impossible de vous distinguer !

C'était une sorte de diversion, il n'était pas dupe. Joe avait réussi à détourner la conversation avant qu'il ne lui pose certaines questions, mais ça ne durerait pas toujours. En attendant, il joua le jeu et poursuivit :

— Mais c'est vrai, en regardant bien on trouve les différences. Le bleu de tes yeux est un peu plus clair que celui des siens... Tes lèvres sont plus pleines...

Du bout des doigts, il parcourait toutes les parties du corps de Joe qu'il mentionnait.

— Nick est un peu plus musclé que toi mais il est plus petit... Ses mains n'ont pas la grâce des tiennes...

Il entrelaça leurs doigts. Joe l'écoutait et l'observait, une expression un peu étonnée sur le visage.

— Puisque vous vous ressemblez, vous êtes séduisants tous les deux mais... c'est toi le plus beau !

Faisant basculer Joe sur le dos, il s'installa au-dessus de lui. Randy fit courir ses lèvres sur son visage et dans son cou, avant de poursuivre :

— Et je dis ça en toute impartialité... Du moins, je crois ?

Il embrassa les lèvres offertes de Jonathan qui secoua la tête, le regard rieur.

— Non ? Tant pis... Tu restes quand même le plus beau à mes yeux.

Si le bonheur avait eu un visage, il aurait été celui de Joe en cet instant. Randy eut le souffle coupé en le contemplant.

Il n'aurait jamais imaginé que la journée se terminerait de cette façon, qu'ils pourraient s'expliquer et arranger les choses, encore moins qu'ils se retrouveraient allongés sur le lit de Joe à se câliner après l'amour.

C'étaient les imprévus et les surprises que réservait la vie ; il y en avait autant de bons que de mauvais mais grâce à eux, les gens pouvaient évoluer et apprendre, en permanence.

« Tu restes avec moi ce soir... Ce n'est pas une question, je veux que tu restes ! »

— D'accord, c'est de bonne guerre. Je suis ton prisonnier aujourd'hui, dit Randy, faisant référence au week-end précédent. Tu vas revenir travailler demain ?

« Il faudrait, oui. Ça ira mieux maintenant... »

— Je t'accompagnerai demain matin.

Avec un sourire, Joe noua ses bras autour du cou de Randy et l'embrassa. Il lutta jusqu'à inverser leurs positions, puis s'assit à califourchon sur lui.

Ils avaient beau avoir assouvi leur désir un peu plus tôt, il n'aurait pas besoin de beaucoup plus pour s'éveiller à nouveau. Mais Joe se pencha sur son téléphone et écrivit : « Tu viens avec moi ? J'ai soif. Et j'ai faim aussi ! ».

— Je te suis, approuva le blond.

« Et après ça, j'aurai sûrement envie de toi à nouveau... »

Il sembla rougir dans la pénombre, et c'était si adorable que Randy se sentit fondre. Il se redressa pour serrer Joe contre lui puis déclara :

— Pour ça aussi, je te suis !

Les deux amants se levèrent et se rhabillèrent, avant de se faufiler vers la cuisine main dans la main.

Ils firent exactement ce dont ils avaient parlé : ils se désaltérèrent, préparèrent un petit repas qu'ils dégustèrent tranquillement sur la terrasse, Fox étendu à leurs pieds, puis refirent l'amour alors que la nuit tombait.

Avant de se coucher, ils discutèrent et regardèrent des photos de Joe quand il était enfant. Randy put mettre un visage sur chacune des autres personnes dont il lui avait parlé, comme ses parents, et sa sœur cadette Debby, qui étaient restés à Boston.

Ils s'endormirent dans les bras l'un de l'autre, comme les fois précédentes, bercés par leurs respirations qui avaient trouvé le même rythme.

Il faisait encore nuit noire quand Randy rouvrit les yeux, comme si l'absence de Joe l'avait réveillé. Il attendit quelques instants mais, ne le voyant pas revenir, finit par se lever pour le chercher.

Joe n'était pas dans la cuisine, ni dans la salle de bain, ni même sur la terrasse… mais Fox dormait paisiblement, ce qui signifiait que son maître se trouvait forcément dans la maison.

Ce ne fut que lorsqu'il repassa dans le couloir pour regagner la chambre que Randy perçut un bruit étrange, un doux tapotement. Il avisa alors la lueur qui filtrait par l'interstice d'une porte pas tout à fait fermée et s'approcha.

L'espace était trop mince pour lui permettre de voir ce qu'il faisait mais Joe était là, en short et en t-shirt, les cheveux ébouriffés. Le bruit se faisait toujours entendre mais n'était pas vraiment régulier, c'était peut-être simplement celui d'un clavier d'ordinateur.

Randy était trop conscient des choses que lui cachait encore Jonathan pour entrer et le déranger alors qu'il avait visiblement voulu s'isoler. Il ne ressentait pas de peine, seulement de la curiosité. Avec le temps, Joe finirait peut-être par se confier entièrement en lui… En attendant, il ne ferait rien pour précipiter les choses, parce qu'il ne voulait plus risquer de le perdre.

Comme Joe avait un peu bougé, Randy put voir qu'il portait un casque sur la tête. Il devait sûrement être à son ordinateur, peut-être en train de jouer. Il ne lui avait jamais dit être adepte des jeux vidéo mais après tout, ils avaient encore des choses à découvrir l'un sur l'autre.

Se détournant, Randy revint se coucher dans la chambre de Joe. Il y avait son odeur, leur odeur, partout dans les draps, et les souvenirs de tout ce qu'ils y avaient déjà fait suffirent à le réconforter.

Au petit matin, il oublia cet interlude nocturne parce que Joe était à nouveau dans ses bras, et c'était tout ce qui comptait.

LE SECRET DE JOE

Les jours, les semaines passèrent. Après le fameux matin où Randy avait rencontré Nick, il n'y eut plus de malentendu ni d'affrontement, encore moins de dispute.

Randy et Joe avaient l'impression de vivre sur un petit nuage, à l'écart du reste du monde, comme le sont au départ tous les amoureux.

Ils ne se parlaient pas d'amour pourtant, ils ne s'étaient pas encore dit les mots, mais ce qui les reliait l'un à l'autre était beaucoup plus qu'une simple attirance physique – c'était le cas depuis le premier jour, d'ailleurs.

Même si Joe avait plu à Randy à la seconde où il avait posé les yeux sur lui, ce n'était pas cette seule raison qui l'avait poussé à lui parler.

Il avait dû sentir au fond de lui que Joe serait celui qui saurait faire renaître dans son cœur la magie du sentiment amoureux, tout comme il avait deviné que le jeune homme avait désespérément besoin de quelqu'un qui l'aimerait tel qu'il était. Pour ces raisons et tant d'autres encore, les deux hommes chérissaient plus que tout chaque instant qu'ils passaient ensemble.

Il y avait tous les soirs où ils s'endormaient enlacés et tous les matins où ils se réveillaient l'un près de l'autre ; les moments où ils se retrouvaient sur le banc de Santa Monica pour la pause déjeuner de Joe ou quand ils n'avaient pas dormi ensemble et s'y rejoignaient à l'aube ; les balades main dans la main sur les allées sableuses qui longeaient l'océan, Fox trottinant à leurs pieds ; les sorties au cinéma et les baisers échangés dans la pénombre qui les faisaient rire comme des adolescents ; les soirées paisibles sur la terrasse de chez Joe pendant lesquelles ils admiraient silencieusement les teintes écarlates du crépuscule, bercés par le clapotis de l'eau dans les canaux ; ou encore les heures durant lesquelles Randy travaillait dans son bureau, Joe installé sur le fauteuil près de lui et plongé dans un livre…

Finalement, il ne travaillait pas beaucoup dans ces cas-là parce qu'il perdait trop de temps à admirer l'air concentré de Joe pendant sa lecture, son petit froncement de sourcils occasionnel ou bien la façon dont il portait ses vêtements, parce que Joe aimait bien faire ça quand ils restaient chez Randy.

Et puis, en plus de tout ça, il y avait aussi le sexe. Leur relation avait franchi un cap depuis qu'ils avaient réellement fait l'amour pour la première fois, et Randy avait découvert avec grand plaisir que Joe n'était pas aussi timide qu'il en avait l'air, du moins sur ce plan-là.

Même s'il était celui qui menait la danse en général, Randy laissait le plus souvent Joe venir à lui parce qu'il ne voulait pas le brusquer ou paraître un peu trop dépendant. Jonathan savait se montrer très entreprenant, et ce fut encore plus le cas à partir du jour où ils reçurent les résultats des analyses sanguines qu'ils avaient décidé de faire ensemble. Ils étaient en parfaite santé tous les deux – raison de plus pour en profiter pleinement.

Leur entente était quasi-parfaite et ils passèrent de plus en plus de temps ensemble à mesure que les semaines s'écoulaient. Il ne leur arrivait que très rarement de ne pas être d'accord sur quelque chose mais l'un ou l'autre finissait toujours par s'incliner, parce qu'ils avaient mieux à faire que perdre du temps à s'affronter.

Randy savait que Joe lui cachait encore beaucoup de choses mais malgré sa curiosité, il continuait à se montrer patient. Ce qui l'intriguait le plus était la fameuse pièce dans laquelle disparaissait son amant certaines nuits et y restait plusieurs heures, croyant sans doute qu'il ne remarquait pas ses absences.

La porte de cette pièce était toujours fermée à clé, et quand Randy voulut savoir ce qui se trouvait à l'intérieur, Joe répondit évasivement que ce n'était qu'un « simple débarras ».

Son regard fuyant et le pli amer de sa bouche à ce moment-là suffirent à convaincre Randy de faire semblant de le croire, mais ça ne pourrait pas durer éternellement. Un jour ou l'autre, il aurait besoin de savoir toute la vérité, au moins pour ne plus ressentir cette désagréable impression qu'une bombe se tenait cachée entre eux, prête à éclater à tout moment et à faire voler leur couple en éclats par la même occasion.

Ce n'était qu'une peur lointaine, une chose à laquelle Randy ne pensait que lorsqu'il était seul ou qu'il avait du mal à trouver le sommeil, mais c'était bien là tout de même. Et s'il n'essayait pas de franchir cette porte close qui dissimulait certainement une grande partie des secrets de Joe, c'était parce qu'il avait terriblement peur de le blesser et de faire régresser leur relation alors qu'ils avaient si bien avancé ensemble.

Mais toute sa volonté fut mise à rude épreuve un soir où ils allèrent dîner chez Nick, que Randy avait revu plusieurs fois depuis leur rencontre houleuse. Ils s'entendaient très bien, et à présent qu'il pouvait les voir côte à côte, les jumeaux étaient assez facilement reconnaissables.

Ce soir-là donc, Nickolas et sa jeune épouse Lucy les invitèrent pour un petit barbecue. Ils vivaient dans le même quartier que Joe, et la soirée fut très agréable. Joe était à l'aise avec eux, ce qui n'était pas toujours le cas quand ils sortaient tous les deux.

Randy apprécia immédiatement Lucy. Elle maîtrisait un peu mieux que lui la langue des signes, mais pas aussi bien que Nick. Les deux frères communiquaient parfois ainsi de longues minutes avant de se rappeler que les deux autres ne comprenaient pas forcément, ce qui les fit rire plusieurs fois au cours de la soirée.

Ils s'étaient installés dans le jardin éclairé par des guirlandes lumineuses, et des papillons de nuit tourbillonnaient au-dessus de leurs têtes tandis que le ciel s'obscurcissait lentement. Randy soupira d'aise, sa main tenant celle de Joe entre les accoudoirs de leurs chaises respectives.

L'atmosphère était tellement paisible qu'il doutait parfois de se trouver à Los Angeles, mais c'était une des raisons pour lesquelles il avait décidé de revenir s'y installer quelques mois plus tôt. La métropole était si immense et diversifiée qu'on avait l'impression de ne pas se trouver dans la même ville d'un quartier à un autre.

Randy appréciait celui dans lequel se trouvait son appartement, mais il était réellement en train de tomber amoureux des canaux de Venice Beach – et cela n'avait absolument rien à voir avec le fait que Joe y vive, bien entendu.

Alors que les deux frères se levaient pour aller chercher le dessert, Lucy se pencha un peu vers Randy et déclara :

— Ça fait plaisir de voir Joe comme ça… Tu sais quoi ? Je crois que je ne l'avais jamais vu aussi heureux !

— C'est vrai qu'il est particulièrement souriant, ce soir.

— Pas que ce soir ! Il l'est de plus en plus à chaque fois que je le vois et… c'est ça depuis que vous vous êtes rencontrés, lui et toi.

Randy baissa la tête pour tenter de cacher le sourire fier - et idiot -, qui lui barrait le visage.

— Avec Nick, on commençait un peu à désespérer, lui confia Lucy tout en sirotant son verre de vin. Il est resté seul si longtemps… Il n'a pas beaucoup d'amis ici, et même s'il voit Nick tous les jours, ce n'est pas pareil. Il avait besoin d'une vraie relation.

— Ce n'est pas difficile parfois, pour toi ? Le fait qu'ils soient si proches, je veux dire…

Randy plongea ses yeux dans le regard gris-vert de la jeune femme. Il était prêt à recueillir n'importe quelle information concernant Joe et la meilleure manière de se comporter avec lui, parce que même s'ils s'entendaient à merveille, il avait toujours peur de faire un faux pas. Joe s'était épanoui depuis qu'ils se connaissaient, mais il n'en restait pas moins un homme fragile, hanté par son passé… Passé dont Randy ne savait toujours pas grand-chose, d'ailleurs.

Lucy reposa son verre et murmura :

— Un petit peu, au début. Mais Nick m'avait parlé de lui tout de suite, pour me dire qu'il était très proche de son frère et qu'il veillait sur lui. Et puis, Jonathan n'est pas le genre de mec envahissant, hein… Il n'a jamais cherché à s'imposer ni quoi que ce soit. C'était intimidant au début, quand Nick m'a dit qui il était…

Randy fronça les sourcils, incapable soudain de comprendre de quoi elle parlait. Mais il n'eut pas le courage de l'interrompre pour la questionner, alors Lucy poursuivit :

— Je me disais qu'un mec comme lui avait tellement l'habitude d'être au centre de l'attention que ça devait être pareil en privé… Mais en même temps, Joe avait toujours eu la réputation d'être adorable, et c'était fondé. Quand j'ai su ce qu'il lui est arri…

— Lucy !

La voix de Nick claqua comme un coup de fouet dans l'air tranquille de la nuit, les faisant sursauter tous les deux. Randy était tellement plongé dans sa conversation avec Lucy qu'il ne l'avait pas entendu revenir.

La jeune femme adressa un regard interrogateur à son mari, et il y eut quelques secondes de silence embarrassantes au possible. Le couple dut se comprendre ainsi car Nickolas murmura ensuite, sur un ton totalement différent :

— Chérie, tu peux venir s'il te plaît ? Je ne sais pas où sont les…

Il n'avait pas terminé sa phrase qu'elle se levait précipitamment, adressant un petit sourire gêné à Randy. Il trépigna de frustration en les regardant entrer dans la maison.

C'était encore plus évident maintenant que Joe lui cachait quelque chose d'important. Et compte tenu de la façon dont lui avait parlé Lucy, elle le croyait apparemment au courant de toute l'histoire…

Jonathan réapparut sur le seuil à ce moment-là et se dirigea vers lui. Il avait l'air si serein que Randy n'eut pas à se forcer pour lui sourire, même s'il était totalement chamboulé par ce qui venait de se passer.

Il voulait connaître la vérité, désormais. Il en avait besoin. Il voulait savoir d'où venait l'ombre au fond des yeux de son amant, et ce qui s'était passé dans sa vie pour qu'il soit ainsi désormais, pour qu'il cache ses tatouages sous un pull en plein mois d'août, comme c'était le cas ce soir-là.

En même temps, Joe était tellement séduisant que Randy perdait le fil de ses pensées dès qu'il posait les yeux sur lui, et dans ces instants il avait juste envie de le prendre dans ses bras et de le serrer contre lui pour le reste de sa vie.

« Tout va bien ? » signa Joe en se réinstallant près de lui.

— Oui, oui…

Il laissa Jonathan saisir sa main et entrelacer à nouveau leurs doigts comme si c'était la chose la plus naturelle au monde – ça l'était, en réalité. Nick et Lucy revinrent alors, ramenant le dessert avec un peu trop d'enthousiasme pour ne pas paraître suspects aux yeux de Randy.

La jeune femme lui sourit à nouveau mais Nick se contenta de l'observer longuement sans rien dire. Alors que Randy haussait les sourcils en une interrogation silencieuse, Nickolas secoua imperceptiblement la tête, une expression désolée peinte sur ses traits. Tout ça ne dura que quelques secondes, mais cela suffit à hanter le jeune homme pour le reste de la soirée.

Il s'efforça de ne rien laisser paraître, et remercia chaleureusement Nick et Lucy pour leur invitation, mais il continua à y songer alors que Joe et lui rentraient à pieds avec Fox, puis lorsqu'ils se couchèrent tous les deux, et bien après que Joe s'endorme dans ses bras.

Il était très tard lorsqu'il trouva enfin le sommeil, et il dormit d'un trait jusqu'au matin. Impossible de savoir si Joe s'était « absenté » durant la nuit : le jeune homme se trouvait près de lui au réveil, un doux sourire éclairant son visage.

Randy sentit son cœur se serrer en le contemplant, parce que le bonheur qu'il avait d'être à ses côtés devenait douloureux à cause de ce qui les séparait encore. Joe signa le mot « bonjour » en lui souriant, puis il roula vers lui pour déposer un léger baiser sur ses lèvres.

— Hey, souffla Randy.

« C'est les vacances ! » écrivit Joe sur son téléphone.

— Parle pour toi !

En effet, Jonathan avait décidé de prendre deux semaines de congés, chose qu'il n'avait jamais faite jusqu'alors. La fin du mois d'août n'était généralement pas la plus forte période d'affluence à la librairie, et Rosalie l'avait presque poussé dehors quand il lui avait demandé des vacances tellement elle était ravie de le voir passer du temps avec Randy.

Ce dernier avait d'ailleurs bien l'intention de profiter de ces deux semaines avec lui, quitte à devoir travailler d'arrache-pied ensuite pour rattraper le temps perdu.

« Ne râle pas. On peut fêter ça quand même… »

— Fêter ça… Avec de la musique et de l'alcool, tu veux dire ?

Randy garda un ton nonchalant tandis que Joe caressait son torse des deux mains tout en l'observant intensément.

— Parce que, bon, c'est un peu tôt pour l'alcool, quand même…

Alors que Randy s'étirait, Jonathan grimpa à califourchon sur lui et le bloqua de tout son poids contre le matelas.

« J'avais une autre idée en tête, à vrai dire… » tapa-t-il à toute vitesse.

— Intéressant…

Le sourire que Joe lui adressa à ce moment-là fut aussi diabolique qu'irrésistible. Sans se quitter des yeux, ils retirèrent leurs sous-vêtements puis Randy referma ses mains sur les hanches fines de Joe quand celui-ci reprit sa position initiale sur lui.

Ils s'embrassèrent longuement ; leurs langues qui dansaient ensemble et la sensation de leurs peaux nues l'une contre l'autre eurent tôt fait d'attiser le désir déjà présent entre eux.

Joe ondula du bassin jusqu'à parvenir à guider son amant en lui. C'était lent, tendre et infiniment érotique à la fois. Randy le laissa aller à son rythme, exprimant par des gémissements de moins en moins discrets tout le plaisir que lui procurait cette étreinte. Joe était toujours silencieux, mais un soupir entrecoupé s'échappa d'entre ses lèvres quand il rejeta la tête en arrière en fermant les yeux.

Alors que les sensations devenaient toujours plus intenses, Jonathan immobilisa les mains de Randy pour lier étroitement leurs doigts. Ils firent l'amour ainsi, les yeux dans les yeux, prisonniers l'un de l'autre de toutes les façons possibles.

Quand l'orgasme le submergea, Randy eut la certitude qu'il n'avait jamais rien ressenti d'aussi fort de toute sa vie. Il entoura de ses bras Joe qui s'était effondré sur lui, puis ils restèrent enlacés de longues minutes, à savourer les échos du plaisir qui retentissaient encore en eux.

— C'était une très bonne façon de faire la fête, effectivement, déclara-t-il à mi-voix.

Un rire silencieux agita le corps de Joe, qui tâtonna ensuite au milieu des draps à la recherche de son portable.

« J'ai besoin de prendre une douche… Tu viens avec moi ? ».

— Vas-y, je te rejoins dans deux minutes.

Joe hocha la tête avant de l'embrasser. Randy s'émerveilla de la clarté de son regard, autant que de la grâce de son corps lorsqu'il traversa nu la chambre pour regagner la salle de bain.

Il se prélassa encore quelques instants, puis se leva à son tour afin d'aller le retrouver. Randy était dans le couloir quand il s'aperçut que la fameuse porte derrière laquelle Joe disparaissait parfois la nuit n'était pas fermée à clé mais légèrement entrebâillée. Sans doute y était-il venu cette nuit-là encore, et il avait oublié de la refermer…

Dans d'autres circonstances, il aurait certainement pu résister à la tentation et passer son chemin. Mais il était encore étourdi par le plaisir qu'il venait de ressentir, et rongé par toutes ces interrogations qui n'avaient jamais cessé de tourbillonner dans sa tête, en particulier depuis la veille.

Randy jeta un coup d'œil autour de lui, mais il était toujours seul dans le couloir et il entendait au loin le ruissellement de l'eau dans la salle de bain.

Alors il poussa la porte, en se disant qu'il n'y resterait que quelques secondes, juste pour voir.

La première chose qu'il découvrit fut le piano. C'était un modèle numérique, beaucoup moins encombrant qu'un piano droit ou à queue, mais la pièce était assez petite pour qu'il paraisse énorme.

Alors qu'il contemplait les touches noires et blanches et le casque audio branché au bout, Randy comprit d'où venait l'étrange tapotement qu'il avait entendu la première nuit. Il avait cru à un clavier d'ordinateur, sans se douter une seule seconde qu'il s'agissait de celui d'un piano.

Ainsi, Joe se levait la nuit pour aller jouer mais… Pourquoi s'en cachait-il ? Pourquoi verrouiller cette pièce alors qu'elle ne contenait que…

Le regard de Randy se détourna enfin du piano pour explorer le reste de l'espace. De part et d'autre se tenaient deux guitares, une acoustique et une électrique, ainsi qu'un ordinateur portable et une liasse de partitions posées sur un fauteuil.

Le cœur battant à tout rompre, Randy s'approcha alors du dernier élément de la pièce : une étagère sur laquelle trônaient des albums CD, des photos encadrées, et ce qui ressemblait à des trophées, comme ceux que recevaient les artistes récompensés lors de cérémonies musicales.

Quelque chose s'alluma à la lisière de la conscience de Randy, comme un aperçu de la vérité qu'il n'arrivait pourtant pas à dévoiler entièrement. Alors il se pencha sur l'une des photographies et soudain, ce fut comme si l'univers entier avait explosé.

L'image représentait quatre adolescents vêtus de noir et coiffés en pétard, se tenant devant une large banderole qui affichait les mots « Dixiie's Kids ».

L'univers se remit en place pour Randy, qui comprit enfin d'où lui était venue l'impression qu'il avait eue de reconnaître Joe le premier jour.

Ce n'était pas qu'une impression. Il l'avait déjà vu, des années auparavant… Joe Reed, le chanteur et leader d'un des groupes les plus célèbres en Amérique et en Europe une dizaine d'années plus tôt.

Leur histoire était simple mais fascinante : quatre amis qui se réunissaient pour jouer de la musique et qui avaient été découverts un peu par hasard dans un bar new-yorkais, le Dixiie. Un contrat de millions de dollars et quelques mois plus tard, les *Dixiie's Kids* connaissaient un succès fulgurant avec leur premier single, puis leur album.

Randy avait été fan de leur musique, et il possédait encore leurs albums, puisqu'il avait été adolescent à l'époque merveilleuse où les disques étaient encore en vogue.

Le groupe, qui évoluait dans un style musical assez rock pour ne pas être considéré comme un boys-band et mais assez pop pour rester accessible au grand public, avait connu une immense réussite entre 2005 et 2009, avant de tomber dans l'oubli presque aussi rapidement. Il ne se souvenait même plus pourquoi le groupe s'était séparé, sans doute parce que les membres ne s'entendaient plus…

Quoi qu'il en soit, Joe avait été l'un d'entre eux. Quand on connaissait l'homme qu'il était devenu aujourd'hui, c'était presque impossible à croire.

Pourtant, il n'y avait aucun doute possible.

Les années ne lui avaient pas porté préjudice : à part quelques rides et la douleur au fond de ses yeux, Jonathan n'avait pas beaucoup changé.

Et même si cela faisait naître dans la tête de Randy des dizaines de nouvelles questions, cela répondait au moins à l'une d'entre elles : Joe n'avait pas toujours été muet. Quelque chose avait donc dû se passer, quelque chose d'assez grave pour qu'il soit privé de sa voix et abandonne sa carrière…

Randy frissonna, refusant pour l'heure d'y songer davantage. Il commençait à examiner d'un peu plus près le trophée du *American Music Award* qui se trouvait à côté du cadre lorsqu'il entendit un bruit derrière lui.

La réalité le rattrapa et il se retourna brusquement, avec la sensation dérangeante d'être pris en faute… d'autant plus que c'était clairement le cas.

Joe se tenait sur le seuil, une serviette enroulée autour de la taille, les yeux lançant des éclairs.

— Je… je suis désolé, déclara aussitôt Randy. La porte n'était pas fermée et je voulais juste savoir ce qu'il y avait… désolé.

Mais Joe resta immobile, sans cesser de le foudroyer du regard. Il semblait pétrifié sur place, ses traits figés dans un masque de fureur glacée mêlée de souffrance.

Randy ne l'avait jamais vu ainsi ; avec cette expression, il semblait avoir dressé un mur entre eux, et franchir ce mur paraissait être la chose la plus compliquée et périlleuse à faire en cet instant.

Malgré tout, Randy fit un pas vers lui en murmurant :

— Ne m'en veux pas… Je me posais juste des questions ! Je ne reviendrai plus dans cette pièce si tu préfères.

Joe plissa les yeux avant de faire volte-face. Randy le suivit vers la chambre, sans savoir si la discussion était close ou non. Il le trouva debout près du lit en désordre où ils avaient fait l'amour quelques minutes plus tôt, son téléphone à la main.

Randy avait à peine eu le temps d'ouvrir la bouche pour parler que Joe lui fit passer le téléphone. Il avait simplement écrit : « Tu ne reviendras plus du tout ».

Il dut relire la phrase plusieurs fois avant d'en saisir le sens.

— Attends, qu'est-ce que… Mais Joe, bordel, pourquoi tu dis ça ?

« Je ne dis pas, j'écris », signa alors le châtain, ou du moins c'est ce que crut comprendre Randy.

— Oh, allez, tu sais ce que je voulais dire…

« Non », articula Joe. « Va-t'en », ajouta-t-il en mimant les mots avec ses mains.

Il tournait dans la chambre, ramassant toutes les affaires de Randy qu'il trouvait. Celui-ci le regardait faire, hébété. Mais qu'était-il donc en train de se passer ?

Joe revint à sa hauteur et lui fourra ses habits dans les bras avant de récupérer son portable. Puis ils s'affrontèrent du regard, incapables l'un comme l'autre de céder le moindre pouce de terrain.

— Explique-moi, supplia finalement Randy.

Il se sentait dépassé par les événements. Il n'aurait probablement pas dû franchir cette porte, mais était-ce une raison suffisante pour en arriver là ?

Joe tapa frénétiquement sur son téléphone pendant que Randy se rhabillait. Il s'efforça de rester calme, pour ne pas le pousser dans ses retranchements plus qu'il ne l'était déjà, mais ce fut peine perdue quand il découvrit ce que son amant lui avait écrit : « Il n'y a rien à expliquer. Nous deux c'est une erreur, ça ne fonctionnera pas. Je suis désolé mais je veux que tu t'en ailles ».

Heureusement que ce n'était pas Randy qui tenait le téléphone, sinon il aurait fini en pièces détachées sur le sol. C'était l'état dans lequel son cœur se trouvait désormais, et la douleur était telle qu'elle le fit suffoquer.

— Je ne te crois pas, parvint-il enfin à dire. Tu ne peux pas… J'ai sûrement fait quelque chose de mal, mais… dis-moi ce que c'est, au lieu de me jeter comme ça !

Joe secoua la tête, les bras croisés sur son torse. Il avait l'air d'une bête sauvage prise au piège, à la fois terrifié et en colère. Randy s'avança vers lui et le saisit par les épaules. Il voulait le serrer dans ses bras, trouver le geste qui parviendrait à apaiser Joe, mais ce dernier se dégagea d'un mouvement brusque. Ses yeux bleus brillaient de fureur. « Va-t'en », articula-t-il à nouveau, avec une violence qui se ressentait malgré son silence. « Va-t'en ! ».

— Non, je ne partirai pas !

Il avait haussé la voix sans le vouloir et aussitôt, Fox se mit à aboyer. Joe ne fit aucun geste pour le faire taire ou le calmer, secouant seulement la tête à l'attention de Randy.

— Joe, non, s'il te plaît…

Mais il lui mima de s'en aller, une fois de plus, allant même jusqu'à le pousser en arrière. Joe n'y avait pas mis beaucoup de force, mais ce fut le geste lui-même qui blessa Randy. Il recula d'un pas, soudain incapable de supporter plus longtemps l'attitude incompréhensible de Jonathan.

Cela allait visiblement plus loin que le fait d'avoir découvert son secret – même s'il ne voyait pas en quoi c'était si grave. Mais tant que Joe ne se calmerait pas, tant qu'il ne serait pas prêt à lui parler, alors ils n'arriveraient à rien. Il changerait d'avis tôt ou tard, ça ne pouvait pas être autrement.

Randy refusait de croire que tout soit terminé entre eux.

— D'accord… d'accord, je m'en vais.

Les mots semblèrent lui brûler la gorge, mais il continua à reculer. Fox s'était posté aux pieds de son maître, surveillant les moindres mouvements de Randy et grondant sourdement.

— Ce n'est pas fini, Joe. Je m'en vais mais je suis quand même là, d'accord ?

Jonathan secoua la tête. Des larmes firent briller ses yeux et, quand Randy les vit couler sur ses joues, il ne put s'empêcher de refaire un pas en avant. Fox se remit à aboyer, mais il l'ignora et déclara :

— Je ne peux pas te laisser comme ça, Joe.

Le jeune homme eut un mouvement de recul si brutal que Randy s'arrêta de lui-même. Joe signa quelque chose, mais il allait trop vite et Randy ne parvint pas à comprendre – ou plutôt il espérait avoir mal compris.

Les ultimes mots de Joe sur son téléphone ruinèrent une fois de plus tous ses espoirs : « Ça ira mieux quand tu t'en iras ».

La dernière fois que Randy s'était senti aussi mal, c'était lorsqu'il avait appris le décès de son père, quelques années plus tôt. C'était plus qu'il ne pouvait supporter à ce moment-là, même s'il détestait l'idée de s'en aller, d'abandonner.

Alors, après un dernier regard vers Joe, il tourna les talons et quitta la maison. Il fit claquer la porte d'entrée et, s'appuyant contre elle, eut un frisson glacé en entendant un peu plus tard le cliquetis du verrou.

C'était le dernier geste qu'aurait pu faire Joe pour le convaincre que tout était fini, et il l'avait fait.

Randy ne pouvait pas penser à la suite, ne pouvait plus se dire que les choses s'arrangeraient dans quelques temps… Tout ce qu'il voyait à présent était cette porte close qui le séparait de Joe et que plus rien ne semblait pouvoir ouvrir.

Quand il eut la force de s'éloigner, les larmes coulaient également sur son visage.

LATENCE

Randy ne se souvenait pas avoir pris sa voiture et conduit jusqu'à chez lui, pourtant il reconnut les murs de son appartement, un long moment après y être entré. Son corps agissait tout seul ; son cœur et ses pensées étaient restés auprès de Jonathan.

Comment aurait-il pu en être autrement ? Il ne comprenait pas la violence avec laquelle Joe avait réagi, alors qu'ils auraient simplement pu discuter du problème et le régler.

Randy n'aurait sans doute pas dû entrer dans cette pièce mais après tout, même si elle était verrouillée la plupart du temps, Joe ne lui avait jamais explicitement demandé de ne pas s'y rendre.

Ce qu'elle renfermait n'avait finalement rien de si extraordinaire, quand on mettait de côté le fait que Joe avait fait partie de l'un des groupes les plus connus aux États-Unis.

Certes, il avait aussi été un formidable chanteur et désormais, il était incapable de prononcer un mot. Il y avait forcément une raison, mais Randy était certain que cela ne les empêchait en rien de continuer à être ensemble.

C'était du passé. Dix ans s'étaient presque écoulés depuis cette époque et c'était sans doute la raison pour laquelle Randy n'avait jamais fait le lien.

Comment aurait-il pu songer une seconde que son petit ami, Jonathan Reedwood, était Joe Reed, des Dixiie's Kids ? Ces noms étaient assez répandus aux États-Unis, et même s'il avait été fan du groupe, il n'avait plus pensé à eux depuis des années.

Jamais il ne lui serait venu à l'esprit qu'il puisse le rencontrer au hasard à Los Angeles, encore moins avoir une relation avec lui.

Randy n'avait jamais été du genre à fantasmer sur des stars. L'homme qui lui avait plu était cet énigmatique libraire au visage d'ange maudit, vêtu de noir même au cœur de l'été, cachant d'innombrables secrets derrière son mutisme mais ayant surtout réussi à le charmer d'un regard, d'un sourire.

Il était tombé amoureux de lui sans tenir compte du passé ; il l'avait aimé au présent et depuis, il ne pouvait considérer l'avenir sans lui. Mais pouvait-il y avoir un avenir pour eux, maintenant que Joe l'avait chassé de sa vie ?

Ça n'avait aucun sens.

Même s'il avait voulu garder son secret jusque-là et que Randy l'avait découvert plus ou moins accidentellement, ce n'était pas, à ses yeux, une raison suffisante pour mettre un terme à leur histoire.

Ça ne changeait rien pour lui, même s'il ne pouvait réprimer les frissons d'excitation que lui procurait l'idée de Joe en véritable rock-star. Il avait vu le groupe en concert une fois, et il se souvenait, à présent, de l'attitude de Joe, de son aisance sur scène, de la passion qui brillait dans ses yeux quand il chantait.

Mais ce n'était pas ce qui l'avait séduit, ce n'était pas ce qui l'avait poussé à déployer des trésors de patience, ni à acheter un dictionnaire pour apprendre la langue des signes, ni à tout donner de lui au risque d'être blessé, détruit.

C'était pour Jonathan tout entier qu'il avait fait ça, pour ses sourires autant que ses larmes, pour ses atouts autant que pour ses failles, pour ce qui faisait de lui l'être exceptionnel que Randy voyait.

Et je vais continuer à me battre pour lui, songea-t-il alors qu'il tournait en rond dans son appartement, totalement désorienté.

Il y avait un pull de Joe abandonné sur le canapé, certains de ses livres préférés dans son bureau, une deuxième brosse à dents dans la salle de bain et, Randy en était sûr, l'odeur de sa peau encore emprisonnée au milieu des draps. Rien ne pouvait être terminé quand il y avait encore tant de choses pour rappeler ce qu'ils vivaient ensemble.

Randy ne pouvait pas abandonner comme ça. Il restait beaucoup à sauver, il fallait juste qu'il s'accroche encore, qu'il mène un dernier combat.

D'abord, il devait laisser à Jonathan le temps de se calmer, de se remettre. Même si cela le rendait fou, il devait lui laisser la distance qu'il avait réclamée. À l'heure qu'il était, Joe avait probablement dû appeler son frère au secours… savoir que Nick prendrait soin de lui était la seule chose qui empêchait Randy d'y retourner tout de suite.

Il allait donc lui laisser le temps, puis il exigerait de discuter avec lui, autant pour obtenir des explications que pour le convaincre de poursuivre leur relation. Il y parviendrait, d'une façon ou d'une autre.

Parce que même si Joe lui avait demandé de s'en aller, même s'il avait été fâché, blessé, à aucun moment Randy n'avait vu dans ses yeux quelque chose qui aurait prouvé qu'il ne voulait plus de lui dans sa vie. Il lui avait dit de partir alors que tout en lui cherchait à le retenir, depuis ses yeux emplis de larmes à son corps entier qui avait si facilement su trouver un appui, un abri en Randy.

Le problème ne venait pas de leur couple mais de ce secret que gardait Joe et que Randy avait commencé à dévoiler en entrant dans cette pièce. S'il voulait donner une autre chance à leur histoire, il fallait aller jusqu'au bout et découvrir tout ce que Joe lui cachait… même si l'idée de le faire souffrir au passage le répugnait. Les choses empiraient souvent avant de pouvoir aller mieux.

En attendant, Randy devait encore faire preuve de patience… Mais il était en train d'en atteindre les limites, comme il le constata le lendemain matin.

Cela faisait plus de vingt-quatre heures qu'il n'avait aucune nouvelle de Joe, que ce soit directement ou par l'intermédiaire de Nick. Il avait espéré que celui-ci le contacterait pour savoir ce qui s'était exactement passé, pour l'aider à arranger les choses… mais c'était le silence radio de tous les côtés.

Et si Nickolas pensait aussi que Randy avait fait quelque chose de mal, que tout était de sa faute ?

Il ne lui avait jamais caché qu'il serait toujours du côté de son frère, quoi qu'il arrive… Mais il lui avait également dit que Joe n'avait jamais semblé aussi heureux que depuis qu'ils étaient ensemble, et que c'était le plus important pour lui.

Si Randy était celui qui faisait le premier pas, peut-être que cela jouerait en sa faveur. Dans tous les cas, il ne pouvait pas supporter ce silence plus longtemps. Il avait besoin de savoir comment allait Joe.

Saisissant son téléphone, il sélectionna le numéro de Nick et écrivit seulement :

« Salut, est-ce que Joe va bien ? »

Il dut attendre plus d'une heure avant d'avoir un retour de Nick, et ce fut un appel au lieu d'être un simple texto :

— Salut, je ne te dérange pas ?

— Non, pas du tout, répondit Randy.

Le ton de Nick lui paraissait un peu trop léger compte tenu de la situation.

— Désolé, je suis au boulot et je ne pouvais pas te répondre plus tôt. Je n'ai pas trop compris ton message… Pourquoi tu me demandes ça ? Tu n'es pas avec lui ?

— Pas depuis hier matin, non.

— Hier matin ? Mais qu'est-ce qui s'est passé ?

Randy soupira, ne sachant comment lui expliquer.

— Je… je ne sais pas, on ne s'est pas vraiment disputés mais… en gros, il m'a jeté. Il ne t'a rien dit ?

— Tu rigoles ? Non, je n'en savais rien ! s'alarma alors Nick. Comme on s'est vus samedi soir, j'ai fait en sorte de ne pas vous déranger… je croyais que vous étiez ensemble ! Je lui ai juste écrit hier soir mais il m'a dit que tout allait bien… Qu'est-ce qui s'est passé ? répéta-t-il.

— Je te l'ai dit, il m'a…

— Non mais il a bien dû arriver quelque chose pour que Joe fasse ça !

Randy hésita quelques secondes, puis décida de ne rien cacher. Techniquement, il n'avait plus grand-chose à perdre…

— Je suis entré dans sa… sa pièce, là où il garde les instruments et… les photos.

— Ah.

Cette syllabe seule n'aurait certainement pas pu avoir plus de sens qu'à ce moment-là. Dans le silence qui suivit, Randy sentit le nœud dans sa poitrine se desserrer légèrement : il y avait bien quelque chose qu'on ne lui disait pas, ce n'était pas juste son imagination qui s'emballait ! Et avec un peu de chance, il ne tarderait plus à découvrir la vérité…

— Joe ne t'a rien dit, n'est-ce pas ? l'interrogea alors Nick.

— J'ignore de quoi tu parles au juste, mais la réponse est certainement non.

Il attendit sans rien dire, espérant une explication… qui ne vint pas. Alors il insista :

— Je voudrais comprendre…

— Je sais… Je sais. Mais…

— Mais quoi ? Écoute Nick, je n'en peux plus ! s'écria Randy dont les nerfs commençaient à lâcher. Je suis en train de devenir dingue ! Je sais que Joe cache un truc dont il a du mal à parler, et je sais aussi que c'est difficile pour toi de le voir comme ça mais… mais je l'aime, merde ! Je veux juste son bonheur moi aussi, et je ne vois pas comment il pourra être heureux s'il reste prisonnier de ses secrets toute sa vie ! Je ne le jugerai pas, je ne lui dirai jamais rien ! Je veux juste être là pour lui… avec lui.

Il y eut à nouveau un long silence. La voix de Nickolas était très douce, presque émue, lorsqu'il murmura finalement :

— Je voulais dire pas comme ça, pas au téléphone.

— Oh…

— Mais je préfèrerais quand même aller voir Joe avant, d'accord ? M'assurer qu'il va bien, enfin autant que possible vu que…

— Ouais… ouais, bien sûr, souffla Randy.

— Je te rappelle. Et euh… Randy ?

— Oui ?

— C'est… Merci à toi de m'avoir prévenu.

Ils raccrochèrent en même temps. Randy soupira pour ce qui lui sembla être la cinquantième fois de la journée – et il n'était encore que dix heures du matin.

La journée promettait d'être longue…

RÉVÉLATIONS

Randy sonna à la porte, les doigts tremblants. C'était douloureux pour lui d'être si proche de Joe et de ne pas pouvoir aller le voir, mais Nick lui avait demandé de ne pas le faire et il avait sans doute de bonnes raisons pour ça.

Il avait fini par le rappeler en milieu d'après-midi pour lui demander de passer le voir après le travail, et Randy avait sauté sur l'occasion sans même connaître le véritable motif de cette requête. Quoi que cela puisse être, ce serait toujours mieux que de faire les cent pas chez lui.

La porte s'ouvrit avec un léger cliquetis ; Nick l'accueillit en tenue décontractée, les cheveux encore humides de la douche qu'il venait visiblement de prendre. Il ressemblait tant à Joe que ça en était troublant.

— Salut ! Entre... Tu veux boire quelque chose ?

— Je… Non, ça ira, merci, déclara Randy en suivant Nick à l'intérieur.

Ils croisèrent Lucy qui s'apprêtait à sortir. Elle salua Randy avec le même sourire gêné qu'elle lui avait adressé le samedi soir, avant de poser un regard soucieux sur son mari. Il avait l'air nerveux, et Randy ne savait pas quoi en penser.

— Désolé de t'avoir fait venir jusqu'ici. On aurait pu se retrouver quelque part en ville mais… je ne voulais pas risquer qu'on nous entende.

— Il n'y a pas de problème, assura Randy. Tu as vu Joe ?

Ils avaient traversé la maison pour se diriger vers le jardin mais, au moment de sortir, Nick demanda :

— Tu es sûr que tu ne veux rien boire ? On va en avoir pour un moment…

— Euh…

Nick lui fit signe de sortir tandis qu'il récupérait deux bières et les décapsulait. Une fois à l'extérieur, il en tendit une à Randy et reprit :

— Oui, j'ai vu Joe. Il ne va pas bien, comme tu te doutes. Il est enfermé chez lui et ne veut pas m'écouter. Dans un sens, heureusement qu'il est en vacances… Mais ça ne peut plus durer.

Sous le regard qu'il lui adressa ensuite, Randy eut l'impression d'être scrupuleusement analysé. Malgré tout, l'attitude de Nick était dépourvue de l'agressivité et de la méfiance dont il avait fait preuve le jour où ils s'étaient rencontrés - il semblait juste triste, désespéré.

— Je suis désolé, murmura Randy. Je t'assure que je ne voulais absolument pas que ça se passe comme ça…

— Je le sais. C'est pour cette raison que j'ai voulu qu'on se voie… Joe n'est pas au courant, et il me tuerait s'il le savait mais… ça ne peut pas continuer comme ça, ni pour lui ni pour toi.

— Mais qu'est-ce que je dois faire ?

Nickolas s'installa sur une des chaises, invitant Randy à faire de même, et répondit enfin :

— Rien. À part m'écouter, pour l'instant. Peu importe ce qu'il en pense, tu as le droit de connaître la vérité. Il croit que ça te fera fuir, mais moi je pense que ce sont plutôt ses secrets qui te feront partir. Et je n'ai pas envie de ça, parce que depuis que tu fais partie de sa vie, c'est la première fois en huit ans que je vois mon frère heureux…

Randy inspira profondément, sentant les battements de son cœur s'affoler dans sa poitrine. La vérité… c'était ce qu'il attendait, pourtant il avait l'impression de trahir Jonathan en apprenant par son frère des choses qu'il n'avait pas envie de révéler lui-même.

— Il y a un problème ? s'enquit Nick, les sourcils froncés.

— Non, mais… Je ne suis pas sûr de…

— Tu veux savoir, oui ou non ?

Randy soutint son regard, conscient que c'était une sorte de test. S'il échouait, il perdrait toute chance de savoir et, sans doute, la confiance que Nick avait fini par lui accorder.

— Oui, répondit-il alors.

Nick hocha la tête, étendant ses jambes devant lui et les croisant aux chevilles. Il but une gorgée de sa bière puis la reposa sur la table entre eux tandis que Randy restait parfaitement immobile.

— Avant tout, je voudrais te demander une chose. Est-ce que tu avais reconnu Joe depuis le début et que tu n'as rien dit, ou bien… ?

— Non. Son visage me disait vaguement quelque chose mais c'est tout. Je n'ai pas cherché d'où ça pouvait venir, l'existence du groupe m'était complètement sortie de la tête. Ce n'est qu'en voyant les photos que je m'en suis souvenu.

— D'accord. Ce n'est donc pas pour ça que tu as voulu sortir avec lui ?

— Je te promets que non. Je ne saurais pas comment l'expliquer mais… Je le voyais tous les matins sur son banc, il était si seul… Un jour, j'ai décidé d'aller lui parler. Même si ça n'a pas été facile de communiquer avec lui, on a tout de suite bien accroché.

Nickolas eut un petit sourire qui rassura Randy. Ce n'était pas facile de se livrer sur ce genre de choses, mais il était prêt à faire beaucoup pour garder Joe dans sa vie.

— Je te crois, déclara Nick, je voulais juste être sûr. Donc Joe était le chanteur des Dixiie's Kids… Si tu as connu le groupe à l'époque, tu dois probablement être au courant de leur parcours. Joe a toujours adoré la musique, c'est notre grand-père qui lui a appris à jouer du piano. Il a eu le temps de voir Joe sur scène avant de mourir… Et c'était quelque chose, les concerts. Joe était fait pour ça.

Randy approuva d'un signe de tête.

— Leur succès a été très rapide, et immense, mais Joe a toujours su garder les pieds sur terre. Il ne faisait pas ça pour être une star, mais parce que la musique était sa passion. Les gens voyaient en lui le chanteur, le leader, mais ils oubliaient vite qu'il jouait aussi bien que les autres et qu'il écrivait et composait la plupart de leurs chansons. Joe ne s'en vantait jamais, parce que pour lui l'esprit de groupe passait avant tout. Ils avaient été découverts ensemble donc les gens devaient les aimer tous ensemble. À un moment, c'était vraiment la folie quand ils sortaient… les fans se ruaient sur eux, c'était l'hystérie… et pourtant, ils n'avaient pas un public exclusivement féminin. Ça aurait pu durer très longtemps comme ça…

— Alors, pourquoi se sont-ils séparés ? questionna Randy. Ça n'a jamais été clairement expliqué…

— J'y arrive. Mais crois-moi, c'est aussi bien comme ça.

Nick reprit une gorgée de bière, sans doute pour se donner du courage. Randy n'avait toujours pas touché à la sienne, il avait la gorge trop nouée pour pouvoir avaler quoi que ce soit.

— Je ne sais pas si tu te souviens mais au début, le public ne savait pas vraiment pour l'homosexualité de Joe. Sans être un secret, ça n'avait pas été dit non plus et au fil du temps, c'est devenu de plus en plus difficile de rester flou à ce sujet. Joe voulait faire un vrai coming out, la maison de disques n'était pas vraiment partante, et les trois autres s'en fichaient. Vu qu'ils avaient été potes avant même de former le groupe, ils savaient pour Joe et voulaient simplement que ça se passe au mieux pour tout le monde. Finalement, Joe a réussi à convaincre le label et il a fait son coming out début 2008, dans une longue interview consacrée aux Dixiies dans le magazine Rolling Stone. Ils n'en ont pas fait des tonnes, ça a juste été révélé et les fans n'ont pas sourcillé, à part une minorité de crétins qui étaient restés au Moyen-Âge dans leur tête. Le nouvel album est sorti dans la foulée, puis ils ont commencé une tournée qui devait durer de septembre à décembre…

Nick s'interrompit, ses doigts tapotant nerveusement le bois de la table. Sa tension était assez palpable pour que Randy l'éprouve à son tour. Il s'efforça de respirer régulièrement en attendant que le jumeau de Joe reprenne enfin la parole :

— Tout allait bien, vraiment. Les concerts étaient complets, l'album avait reçu un accueil extraordinaire et l'entente était au beau fixe dans le groupe… Puis il y a eu New-York, le 23 novembre. Étant donné que les

Dixiie's Kids avaient été découverts dans cette ville, c'était un peu comme revenir à la maison pour eux. Et quel retour ! Avec trois albums et les plus prestigieuses récompenses de l'univers musical, c'était un triomphe ! Ou plutôt, ça aurait dû l'être…

La voix de Nick s'éteignit, à croire qu'il n'avait plus la force de parler. Randy patienta sans rien dire, incapable de prêter attention aux ombres délicates que dessinait le soleil à travers le feuillage des arbres ou aux chants des oiseaux.

D'après ses souvenirs, le groupe avait cessé de se produire environ à la période que Nick venait de mentionner et s'était séparé au printemps suivant. Randy était déjà en France pour ses études à ce moment-là, il n'avait pas suivi tout ce qui s'était passé. Il se mordit les lèvres alors que Nick recommençait à parler :

— Je me demande encore comment une telle chose a pu arriver. Les salles de concert sont censées être sécurisées, non ? Enfin, Joe était dehors à ce moment-là, mais quand même ! Ça n'aurait jamais dû se produire !

— Qu'est-ce qui s'est passé ? le pressa Randy, incapable de supporter plus longtemps le suspense que Nick lui infligeait.

— Il a été agressé, répondit sombrement ce dernier. C'était juste après le concert, tous les proches étaient réunis en coulisses… Joe est sorti dans la rue derrière la salle pour faire je ne sais plus quoi et là, trois brutes lui sont tombées dessus. Les gars avaient probablement dû assister au concert… ou peut-être pas, on a jamais pu savoir qui ils étaient - juste qu'ils étaient homophobes. Ils l'ont tabassé et laissé pour mort dans la ruelle. Il neigeait ce soir-là… Tu ne peux pas imaginer à quel point je déteste la neige depuis. Le temps qu'on se rende compte que Joe n'était plus avec nous et qu'on le retrouve, il était inconscient, abandonné sur le goudron dégueulasse, dans un tel état que je pourrais démonter moi-même les connards qui lui ont fait ça si on les retrouvait.

Il s'interrompit à nouveau, les poings serrés et le regard perdu dans le vide, ou plus vraisemblablement dans les souvenirs de cette horrible soirée.

Randy ne le quittait pas des yeux, sonné. Il avait beau avoir imaginé toutes les hypothèses, entendre la vérité restait toujours douloureux et brutal. Sous le choc, il demeura silencieux et laissa Nickolas reprendre :

— Les secours ont été admirables, ceci dit. En moins de trente minutes, Joe était transporté à l'hôpital. La fracture qu'il avait à l'épaule a pu être réduite sans opération et pour les côtes cassées, il n'y avait pas grand-chose à faire. Le plus inquiétant était le traumatisme crânien… Il a été dans le coma pendant quelques heures, mais finalement l'hématome s'est vite résorbé. Sauf que quand il s'est réveillé… il ne pouvait pas parler. Le lendemain, des marques autour de son cou ont commencé à apparaître, alors les médecins ont conclu que c'était la raison de son mutisme. Comme tu peux le voir, ce n'était pas la raison, sinon il aurait reparlé depuis longtemps.

Ils échangèrent un long regard. Randy avait la gorge en feu et ses yeux brûlaient, à cause des larmes qu'il essayait tant bien que mal de refouler. Nick racontait les choses telles qu'elles s'étaient déroulées, sans chercher à les atténuer ou à le ménager. C'était terrible à entendre, mais ce n'était rien comparé à ce que Joe avait enduré.

— Les dix derniers concerts de la tournée ont été annulés et reportés au mois de mars. Comme personne n'avait su ce qui s'était vraiment passé en dehors des proches du groupe, le label a annoncé que Joe avait une infection rare du larynx, qu'il devait se faire opérer de toute urgence et qu'il lui faudrait du temps pour retrouver sa voix ensuite… ça lui laissait quatre mois de délai pour se remettre, et c'était une explication plausible. On était tous tellement choqués, de toute façon, qu'on ne s'est pas trop préoccupés de ça. Pour être honnête, je me foutais royalement de l'avenir du groupe… J'avais failli perdre mon frère, mon jumeau, celui avec qui je partageais tout depuis toujours. Je voulais juste que Joe surmonte cette épreuve, qu'il s'en sorte. Et je le veux toujours autant aujourd'hui ! C'est pour cette raison que je te raconte tout ça, même si c'est contre sa volonté.

— Je… je ne sais pas… quoi dire, balbutia Randy.

Ses mains tremblaient tellement qu'il dut serrer les poings, lui aussi. Nick lui adressa un regard compréhensif et poursuivit :

— Joe est resté une bonne semaine à l'hôpital. Quand les médecins ont été sûrs qu'il ne risquait plus rien, ils lui ont permis de sortir. On pensait que le cauchemar se terminerait à ce moment-là… mais c'est là qu'il a commencé, au contraire.

— Parce que Joe ne pouvait pas parler ?

— Tout juste. Physiquement, il a réussi à s'en remettre assez vite. Mais le reste… c'est une autre histoire. Il a passé plein d'examens, pour être certain que ses cordes vocales n'avaient pas été touchées… mais ce n'était pas le cas. Il n'y avait aucune lésion neurologique non plus… Le blocage était psychologique. Et malgré tous les psys qu'il a vus, ça n'a pas évolué. Sauf que le temps passait, et qu'il passait vite. Je pense que tout le monde s'attendait à une espèce de miracle, du genre qu'il serait à nouveau capable de parler, de chanter, et de reprendre les concerts comme si de rien n'était… Du coup, ça a été la catastrophe quand ils ont compris que ce serait impossible. Joe s'en rendait malade, ce qui n'arrangeait rien. Et là, une semaine avant le premier concert, quelqu'un a eu la super idée de rappeler que Joe avait un frère jumeau et que si ça pouvait permettre de sauver les meubles sur la fin de la tournée…

— Non ! Sérieusement ?!

— Ouais. J'ai cru à une mauvaise blague, mais même pas. Ils avaient enregistré un des concerts donc ils ont isolé la voix de Joe pour la lancer en play-back pendant que les trois autres jouaient. Je suis aussi mauvais chanteur que Joe était bon, c'est dire ! Il suffisait d'une demi seconde de décalage pour que tout foire mais… tout ce que j'avais à faire, c'était porter les fringues de mon frère et jouer son rôle. Putain, quand j'y repense, c'était n'importe quoi !

— Et tu as accepté ?

— Oui... Nos parents n'étaient pas d'accord : mon frère avait failli y passer, sa vie était comme bousillée et j'essayais tant bien que mal de ne pas foirer mes études, mais j'ai accepté parce que Joe me l'a demandé et que je ne pouvais tout simplement pas lui refuser ça. Sauf que ça n'a pas fonctionné. Parce que malgré toute ma bonne volonté, je n'avais pas un millième de son charisme… et j'avais absolument rien à foutre sur scène ! J'ai tenu pendant trois concerts, mais le public s'est rendu compte que quelque chose clochait alors tout a été annulé. Et c'est là que la fin du groupe a sonné, même si ce n'était pas ce qu'ils prévoyaient. La maison de disques leur a accordé une pause pour le reste de l'année, mais après ça ils devaient revenir avec un nouvel album et une autre tournée. Sauf que Joe n'était plus le même. En plus du fait qu'il ne parlait pas, il avait peur de sortir de la maison – il était revenu chez nos parents. Même s'il continuait à écouter de la musique au début, il n'écrivait plus, ne composait plus, ne jouait plus. Les autres membres du groupe pensaient que ça reviendrait au fil du temps, mais rien n'est revenu. Au contraire. Quand ils s'en sont rendu compte, ils ont pris leurs dispositions de leur côté... et c'est pour ça que le groupe ne s'est jamais reformé.

— Attends, ça veut dire qu'ils... qu'ils l'ont laissé tomber comme ça ?

— Oui et non... Ils ont compris qu'il y avait peu de chances que Joe remonte sur scène dans un futur proche, et ils ont préféré arrêter le groupe plutôt que de continuer avec un autre chanteur comme leur avait proposé le label. Le monde de la musique est impitoyable, tu sais... Alors non, ils ne l'ont pas abandonné. Ce qu'ils ont fait, c'était même plutôt loyal. Ils ont continué chacun de leur côté et aujourd'hui je crois qu'il n'y a plus que Chris, le guitariste, qui fait encore de la musique – à un niveau professionnel, je veux dire. Avec le fric qu'ils ont gagné grâce au groupe, je peux t'assurer qu'ils ont été hors du besoin pendant longtemps, de toute façon !

Randy hocha distraitement la tête, étourdi par tout ce qu'il venait d'apprendre. Tant de choses s'expliquaient, à présent... Au lieu de le faire fuir, elles ne le faisaient qu'aimer Joe davantage. Il mourait d'envie d'aller le retrouver, pour lui dire qu'il savait mais que ça ne changeait rien, pour le rassurer, pour être à ses côtés. Mais avant ça, il devait entendre la fin de l'histoire...

Comme sa gorge était sèche, il avala enfin une gorgée de la bière qui avait tiédi depuis le temps. Il demanda ensuite :

— Et Joe, dans tout ça ?

— Et Joe... Il n'allait pas mieux. Il allait même de pire en pire. Parce que pour lui, c'était uniquement de sa faute si le groupe s'était séparé... Alors il a complètement arrêté la musique, il n'en écoutait plus du tout, il ne fallait même pas en parler. Il a commencé à se plonger dans des bouquins... et il n'en sortait plus. C'est comme ça qu'il a appris la langue des signes. Il s'est résigné, tu vois ? Il a fait tous les efforts possibles pour parler à nouveau, mais rien n'a fonctionné. C'était tellement horrible, cette période… Le voir errer comme ça, silencieux, triste… Il n'était plus que l'ombre de lui-même, alors qu'il était si plein de vie avant ! Toujours à parler, à rire, à chanter… C'était lui le jumeau extraverti, pas moi ! Moi j'étais plutôt l'intello. Pourtant, après son agression… c'est comme s'il s'était éteint, en quelque sorte. Et je n'en suis pas fier mais j'ai pris un peu mes distances à ce moment-là, parce que je ne supportais pas de le voir comme ça. Mais je ne pouvais rien faire… Je me suis concentré sur mes études et j'ai laissé nos parents s'occuper de Joe. Les fans étaient très présents au début, envahissants, mais au fil du temps ils ont fini par se lasser. Joe ne sortait plus, de toute façon. Ça a duré comme ça jusqu'en 2011. Je le voyais s'enfoncer toujours plus et j'étais incapable de l'aider, ça me rendait fou. Vers la fin de l'année, un soir que la neige commençait à tomber, j'ai trouvé Joe en train de faire une crise d'angoisse dans sa chambre. Jusque-là, il avait toujours tout gardé pour lui… Je crois même que je ne l'avais pas revu pleurer depuis qu'on était gosse. Mais ce jour-là, il a tout lâché. Nos parents n'étaient pas à la maison, notre sœur non plus. Il n'y avait plus que nous deux et la neige dehors qui nous ramenait trois ans en arrière, à cette foutue nuit où il avait été agressé…

Nick avait les larmes aux yeux, à présent, et ni lui ni Randy ne s'aperçurent que Lucy les écoutait depuis le seuil de la porte vitrée ouverte.

Randy enfouit son visage dans ses mains, se mordant les lèvres jusqu'au sang. Il avait toujours été sentimental, mais même quelqu'un de plus solide émotionnellement n'aurait pas pu rester insensible à l'histoire de Joe. Il releva la tête alors que Nickolas reprenait :

— J'ai serré Joe dans mes bras, et je l'ai laissé pleurer autant qu'il en avait besoin. Puis je lui ai demandé pardon, parce que je l'avais abandonné et que je m'en voulais énormément. Il disait qu'il n'y avait rien à pardonner, qu'il voulait que je continue ma vie, sans qu'il soit là à me la gâcher… Je te jure, s'il n'avait pas été aussi mal à ce moment-là, je lui aurais flanqué une baffe ! Après ça je lui ai promis qu'on allait continuer ensemble et surtout, qu'on allait faire en sorte de laisser le passé derrière nous. C'est cette nuit-là qu'on a décidé de partir de Boston. Moi parce que j'avais toujours eu envie de vivre au soleil, et lui parce qu'il n'en pouvait plus de rester au milieu de tous ces mauvais souvenirs. Il fallait qu'on change d'air, de cadre de vie… Il fallait qu'il recommence à zéro. On a réussi à convaincre nos parents de nous laisser partir, puis on a tout organisé. Ça nous a pris six mois, parce que je préférais finir mon année avant de changer de fac, mais en juillet 2012 on déménageait ici, à Los Angeles. Pendant ces six mois, Joe m'a appris la langue des signes. On est redevenus aussi proches – sinon plus – qu'avant tout ça… C'est pour ça qu'aujourd'hui encore j'ai du mal à passer plus d'une journée sans le voir.

— Je comprends, chuchota Randy. Putain, j'étais loin d'imaginer ça…

— Je me doute… Mais il fallait que tu connaisses toute l'histoire pour vraiment comprendre Joe. Ses réactions prennent du sens quand on sait ce qu'il a vécu. Il risque de m'en vouloir de t'avoir tout dit mais je crois que c'était la meilleure chose à faire.

— Pourquoi est-ce qu'il tient autant à le cacher ?

— Je ne sais pas trop… pour se protéger, sans doute. Être muet c'est déjà un obstacle, alors quand on rajoute toute l'histoire… Il a peur que les gens aient pitié ou profitent de lui, c'est déjà arrivé. Joe a beaucoup évolué à partir du moment où on s'est installés ici, j'ai même cru que tout allait plus ou moins redevenir comme avant. Il reprenait enfin goût à la vie… Il ne parlait pas, mais il recommençait à sortir petit à petit, à voir du monde. Il a voulu trouver du travail, même s'il avait encore largement de quoi vivre tranquille. Je ne sais pas si tu connais Rosalie, sa patronne ? Elle est vraiment géniale avec lui, elle lui a laissé sa chance et depuis ce jour-là, il adore son boulot à la librairie. Puis il a recommencé à sortir avec des mecs et… désolé de te parler de ça, c'est sûrement pas agréable pour toi mais il faut quand même que tu saches. Il y a pas mal de gars qui se sont bien foutus de sa gueule, il y a deux ou trois ans. Certains voulaient se le taper pour la gloire, et d'autres se rendaient juste pas compte de l'impact qu'ils pouvaient avoir sur lui. Il voulait s'ouvrir à nouveau aux gens et ça l'a fait plus souffrir qu'autre chose, alors… il a fini par laisser tomber les relations. Il est resté seul environ deux ans avant de te rencontrer. C'est long, même pour quelqu'un d'aussi solitaire que lui. Surtout qu'il ne l'était pas, à la base… Toute cette histoire l'a vraiment changé. Mais depuis qu'on est à Los Angeles, il est quand même plus en paix avec lui-même. Il s'est construit une nouvelle vie, avec de nouveaux repères. Il n'est peut-être pas réellement heureux mais au moins, il n'est plus aussi malheureux. On vivait ensemble au début, jusqu'à ce que j'aie mon diplôme. Puis j'ai rencontré Lucy, j'ai trouvé du boulot et… ça a commencé à devenir un peu compliqué. Je ne prévoyais pas d'avoir une relation avec quelqu'un dans l'immédiat, je voulais vraiment me consacrer à mon frère… mais on ne choisit pas, hein ? Lucy, c'est… enfin, voilà. Je suis tombé amoureux d'elle et c'est devenu sérieux, sauf que je ne voulais pas laisser tomber mon frère encore une fois. Mais Joe ne m'a jamais rien demandé, bien au contraire. Il a tout de suite apprécié Lucy. Je suppose que ça n'a pas dû être facile pour lui… Je ne sais pas s'il a senti que j'étais partagé entre lui et elle, et que je ne savais pas du tout comment faire en sorte que ça se passe bien pour tout le monde, mais c'est lui qui a trouvé une solution, en quelque sorte. L'année dernière, sans même nous en parler, il a acheté cette maison pour qu'on s'y installe, Lucy et moi. C'était dingue, et j'aurais vraiment préféré qu'il se serve de cet argent pour se faire plaisir, lui, mais je n'ai pas su refuser… C'était sa façon de me remercier, et aussi de me dire qu'il était prêt à vivre seul.

— Il est incroyable, commenta Randy.

— N'est-ce pas ! Jusqu'à présent, j'ai été le seul à tout connaître de lui et à le voir tel qu'il est. Les différents psys qu'il a consultés n'ont jamais réussi à briser sa carapace et donc à l'aider vraiment. Mais maintenant, tu es là… et d'après ce que tu m'as dit ce matin, je sais que je peux te faire confiance.

— Qu'est-ce que j'ai dit ?

Randy le regarda sourire, sans comprendre. Il lui avait révélé tant de choses que son cerveau semblait sur le point d'exploser.

— Tu as dit que tu l'aimes, dit doucement Nick.

Randy se sentit rougir. Et trembler à nouveau. Mais c'était vrai, il aimait Joe. Même s'ils ne se connaissaient pas depuis très longtemps, il l'aimait vraiment, de tout son cœur, et ce n'était pas près de s'arrêter.

— Je l'aime, répéta-t-il, presque émerveillé de prononcer ces mots. Mais qu'est-ce que je dois faire pour qu'il… pour qu'il revienne avec moi ?

— Il n'est pas parti, le rassura Nick. Malgré tout ce qu'il a pu prétendre hier, il ne veut pas te quitter… il est plus malheureux que jamais sans toi. Mais quand il t'a vu dans cette pièce, c'est comme si tout avait été chamboulé une fois de plus dans sa vie. Il est hanté par son passé, il a honte… de ne pas avoir retrouvé sa voix, d'être à l'origine de la fin du groupe et de sa carrière. Il n'a plus confiance en lui et il a toujours l'impression que les gens lui en veulent pour quelque chose. Il se protège en gardant tout ça secret dans son cœur, dans cette pièce, et il se persuade qu'il n'y a que de cette façon qu'il peut vivre maintenant…

— Tu crois qu'en étant avec lui, je pourrai l'aider à surmonter ça ?

— J'en suis persuadé. Mais lui ne l'imagine même pas… Il a déjà du mal à croire que tu sois resté jusque-là. Avant toi, personne ne s'est intéressé à lui pour ce qu'il est aujourd'hui, pour ce qu'il est devenu. Alors il a bâti des murs autour de lui, des murs infranchissables. Puis tu es arrivé et tu as fait des brèches partout… parce que tu l'as regardé, tu l'as écouté, tu as su le voir tel qu'il est. Son secret était le dernier pan de mur qui restait, et il a commencé à tomber quand tu es entré dans cette pièce. Alors maintenant, il se sent en danger, mis à nu… Il a peur, et il fuit parce que c'est moins risqué pour lui que de faire encore confiance aux mauvaises personnes.

— Je comprends…

— Tu devrais lui dire, déclara Lucy à ce moment-là.

Elle s'était avancée sans bruit jusqu'à eux et ils sursautèrent.

— Tu devrais lui dire que tu l'aimes, répéta-t-elle.

Un long silence suivit, parce que l'évidence était là : Randy ne pouvait pas faire de miracles mais parfois, l'amour le pouvait, lui.

Il regarda à tour de rôle Nickolas et Lucy, puis murmura :

— Je vais le faire.

— Mais tu devrais peut-être lui laisser encore un peu de temps, lui conseilla Nick. Si ça se trouve, il va revenir de lui-même…

— Je ne suis pas sûr de pouvoir patienter, sourit Randy.

— Sois prudent, c'est tout. Maintenant que tu sais ce qu'il a vécu… Tu as vu comment il est, les blessures ne se sont pas vraiment refermées.

— Nick, le gronda gentiment Lucy. Randy n'est pas un gamin, il saura quoi faire !

Nickolas adressa un sourire tendre à sa jeune épouse, mais son regard était encore soucieux lorsqu'il le reposa sur Randy.

— Je n'ai pas dit le contraire, se défendit-il. C'est juste que… Joe est comme il est, et certaines choses ne pourront pas changer. Par exemple, tu sais pourquoi il s'habille toujours avec des manches longues ?

— Pour cacher ses tatouages, répliqua Randy.

Sa réponse sembla surprendre Nick, qui fronça brièvement les sourcils.

— Ses tatouages… Ouais, effectivement. Mais pas que. Il… il a toujours froid, même ici, au soleil. C'est sans doute qu'une impression, quelque chose dans sa tête… mais depuis qu'il s'est fait agresser et qu'il est resté tout ce temps étendu sur le sol glacial, il dit qu'il n'arrive pas à se réchauffer. Et les cauchemars qu'il fait… quand je vivais encore avec lui, je me réveillais en sursaut et je l'entendais suffoquer parce qu'il avait la sensation que quelqu'un était en train de l'étouffer… Je crois que les cauchemars se sont calmés depuis quelques mois mais même sans ça, il ne dort pas beaucoup. Ce qui lui est arrivé ne quitte jamais vraiment son esprit, ça a laissé des traces, un traumatisme. C'est psychologique mais ça n'empêche pas que c'est là, et que ça ne s'effacera peut-être jamais.

Randy ne put réprimer un frisson. Il s'était tellement attaché à Joe que sa souffrance semblait devenir la sienne ; il aurait aimé être entré dans sa vie plus tôt pour lui offrir ce soutien qu'il cherchait désespérément.

— Je comprends, murmura-t-il au bout d'un moment. Et je ne veux pas le changer. Mais... tu as paru surpris quand j'ai parlé de ses tatouages... ?

Nick hésita avant de répondre, visiblement gêné.

— Je ne pensais pas que tu t'en serais souvenu, vu que tu ne l'avais pas reconnu au départ. Il les a faits pendant la période du groupe, du coup ça lui rappelle tout ça : les bons souvenirs, les mauvais, ce qu'il a vécu avec les Dixiies et par conséquent, ce qu'il a perdu. Et il a peur que les gens le reconnaissent à cause d'eux, aussi. Ça paraît insensé mais pour lui c'est parfaitement logique.

De mémoire, Randy visualisa les tatouages qui ornaient les bras et le torse de Joe. Il comprenait enfin ce que les lettres « DK » entourées de quatre étoiles signifiaient.

— Je ne m'en souvenais pas, il me les a montrés.

— Que... quoi ?

— Hum... Oui, euh... La première fois c'était plutôt... accidentellement, on va dire. Mais après... après, il a bien voulu me les montrer. Et je les adore.

— La première fois ?

Randy se sentit rougir et contempla Nick sans comprendre son étonnement.

— Il te les a montrés ? Genre, juste un poignet, ou bien... ?

— Non, je les ai tous vus ! Pourquoi ?

— Alors ça veut dire que... lui et toi... Est-ce que vous... Tu l'as vu... nu ?

C'était en train de devenir la conversation la plus embarrassante que Randy ait connu de sa vie, toutes langues confondues. Et après ce qu'il venait d'apprendre sur Joe et les émotions qui en découlaient, il s'en serait bien passé !

— Mais enfin, chéri, intervint Lucy, c'est quoi ces questions ?

— Rien, je suis juste… Je suis surpris, c'est tout !

— Mais surpris de quoi ? insista Randy.

— Vous avez déjà, euh… fait… enfin, tu sais… ?

Randy ferma les yeux quelques secondes, espérant que ça suffirait peut-être à le ramener cinq minutes en arrière pour éviter de vivre ça. Lorsqu'il les rouvrit, Nick l'observait tout en essayant en même temps d'éviter son regard, ce qui était d'une certaine façon plutôt comique. Ce fut à cause de ça, et peut-être aussi à cause de la tension qui commençait à se relâcher en lui, que Randy répondit :

— Oui, et plutôt deux fois qu'une ! C'est si incroyable ?

— Bah… à vrai dire, oui…

Lucy le houspilla une fois de plus, sans doute parce qu'elle ne saisissait pas plus que Randy pourquoi Nick semblait soudain si… fasciné.

— Putain, c'est flippant ! laissa échapper Randy. Tu peux m'expliquer ce qui t'arrive ?

— Je… Hum, désolé, vraiment. Je n'avais pas envie de reparler de ça mais Joe était devenu super méfiant avec les mecs et… je suis à peu près sûr qu'il n'a absolument rien fait avec le dernier qu'il a connu, je ne sais même pas s'il l'a embrassé plus d'une fois ! Alors si… si vous en êtes déjà à cette étape, tous les deux… Tu n'imagines pas, Randy. Il ne serait jamais allé jusque-là s'il ne te faisait pas réellement confiance.

— Tu croyais qu'on passait notre temps à se regarder et à jouer aux cartes, peut-être ? ironisa Randy.

— Ouais, bon, ça va ! N'en parlons plus. Je ne veux absolument rien savoir de tout ça à partir de maintenant.

Ils furent trois à laisser échapper un soupir soulagé, et à en rire par la suite. Sur bien des plans, cette longue conversation avait été plus que bénéfique. Randy se sentait mieux désormais, même si tout n'était pas encore gagné. Il n'avait qu'une hâte : aller retrouver Jonathan. Mais il prit encore le temps de confier à son frère :

— Au fait, tu disais que Joe ne dort pas beaucoup…

— Et j'ai dit aussi que je ne voulais rien savoir !

— Mais non, il ne s'agit pas de ça ! La nuit, quand il se réveille… je crois, enfin je suis presque sûr qu'il joue. De la musique, je veux dire. C'est plus ou moins de cette façon que j'ai découvert ce qu'il cachait dans cette pièce… Je ne l'ai pas entendu, parce qu'il portait un casque, mais maintenant je sais qu'il jouait du piano la première fois que je me suis réveillé et qu'il n'était pas dans le lit. Et puis, j'ai vu pas mal de partitions aussi.

— Tu es sérieux ?

— Oui.

Nick termina sa bière en deux gorgées puis demeura pensif un long moment avant de déclarer :

— Alors il va mieux que je ne le pensais. Il a installé ses instruments là quand je suis parti, c'était ma chambre avant… Je me suis dit que c'était bon signe, mais ils ont juste pris la poussière pendant longtemps et au bout d'un moment, j'ai arrêté d'espérer. Mais s'il recommence à jouer, peut-être même à composer… c'est comme s'il se réconciliait avec son passé, vous voyez ?

— Tu as raté ta vocation, s'amusa Lucy. Tu aurais dû être psychologue !

— Merci, mais je préfère m'occuper des animaux que des humains ! Ils sont beaucoup moins compliqués…

Il saisit la main de la jeune femme et lui sourit pendant que Randy demandait :

— C'est toi qui lui as amené Fox, à ce qu'il m'a dit ?

— Ouais… Quelqu'un l'avait déposé devant le portail de la clinique, il était à peine sevré. J'aurais pu l'amener dans un refuge mais il risquait d'y rester des mois ou des années avant d'être adopté ! Alors je l'ai pris à la maison… et quand j'ai déménagé ici, il a choisi de lui-même de rester avec Joe. Il a pris ma place, en quelque sorte ! En tout cas, je n'en reviens pas de tout ce que tu m'as dit… Pas étonnant que Joe soit à fleur de peau, en ce moment ! Et il me cache plein de choses, en fait !

Il adressa un clin d'œil à Randy, avant de lui dire le plus sérieusement du monde :

— Écoute, je crois que tu n'as pas besoin d'attendre, finalement. Va le voir. Parle-lui. Il ne s'en rend sûrement pas compte mais je suis sûr qu'au fond de lui, il n'attend que ça…

— Si c'est un ordre… alors j'y vais tout de suite !

Randy se leva d'un bond, parcouru d'une énergie frénétique qu'il sentait fourmiller dans tout son corps. Il y eut un moment de flottement, puis Nick s'approcha pour l'étreindre.

— Merci, chuchota Randy.

C'était déjà trop pour une seule journée, mais c'était encore loin d'être fini - il aurait besoin de dormir pendant quarante-huit heures après ça, et si possible dans les bras de Joe.

Lucy le serra à son tour dans ses bras, puis elle et son mari l'accompagnèrent jusqu'à la porte.

— Bonne chance, lui dit Nick.

— Il n'en a pas besoin, fit remarquer Lucy. L'amour suffit !

— Je ne te croyais pas si… fleur bleue. En fait, tu crois au prince charmant et tout ça ?

La jeune femme lui ébouriffa les cheveux et s'écria :

— Oui, et j'ai même trouvé le mien ! Maintenant c'est au tour de ton frère d'avoir le sien…

— Je n'ai pas du tout la pression, là, commenta Randy.

Nick et Lucy se mirent à rire, et leur gaité accompagna le jeune homme tandis qu'il prenait congé d'eux.

L'AMOUR

À mesure qu'il s'approchait de la maison de Joe, Randy sentit son cœur se serrer. Pour la première fois depuis qu'il le connaissait, il n'avait aucune idée de ce qu'il allait pouvoir lui dire.

Ce qu'il avait appris sur son passé n'était pas le genre de choses dont on pouvait bavarder en toute légèreté autour d'un café ni aborder l'air de rien. Il fallait qu'il arrive à évoquer le sujet sans en parler vraiment, pour ne pas que Joe cherche à fuir – il ne savait que trop bien comment il réagissait dans ces cas-là. Mais trouverait-il les mots, les gestes qui conviendraient ?

Randy se souvenait encore précisément de la véhémence avec laquelle Joe l'avait poussé à partir. C'était comme si quelque chose s'était cassé entre eux et pour le réparer, ils devaient recommencer à zéro.

Il inspira profondément en se retrouvant devant la maison. Comme il avait désormais l'habitude de le faire, il passa discrètement la main par-dessus le portillon pour le déverrouiller, le franchît, puis s'avança jusqu'à la porte d'entrée.

Il n'y avait pas un bruit aux alentours, à part le souffle du vent et le léger clapotis de l'eau un peu plus loin. Rien ne prouvait que Jonathan était là, mais il doutait qu'il soit sorti. Il ne le faisait que lorsqu'il n'avait pas le choix, comme pour aller travailler, ou bien pour se rendre sur son banc préféré à Santa Monica.

Randy comprenait mieux, désormais. Joe n'aimait plus trop les foules, d'autant qu'elles représentaient un risque encore plus grand d'être reconnu. Mais la ville était assez immense pour qu'il n'ait pas à se sentir traqué et, surtout, il y avait assez d'autres célébrités qui y vivaient et dont les activités attiraient bien plus l'attention.

Lui-même n'avait pas identifié Joe alors qu'il avait été un fan du groupe, il était donc peu probable que d'autres le fassent. Mais il n'avait rien à redire à ça. Ce n'était pas parce qu'il avait appris toutes ces choses sur Joe qu'il allait se comporter différemment avec lui. Au contraire, il devait lui montrer que ça ne changerait rien entre eux.

Rassemblant tout son courage, Randy réussit enfin à frapper à la porte. Les aboiements de Fox retentirent aussitôt, mais ce fut le seul bruit que Randy distingua. Il attendit un moment puis frappa à nouveau, faisant redoubler les aboiements.

— Joe ? C'est moi… Ouvre, s'il te plaît !

Le chien se tut comme s'il l'écoutait, et Randy l'entendit renifler puis pousser de petits couinements tristes. Fox l'avait reconnu.

— Va chercher ton maître, Fox, murmura-t-il inutilement. J'ai besoin de le voir…

Sa phrase se termina dans un soupir. Joe ne semblait pas décidé à lui ouvrir, mais il s'y était attendu. Il frappa une dernière fois tout en disant :

— Joe, je t'en supplie ! Je veux juste qu'on parle, j'ai tant de choses à te dire… S'il te plaît. Laisse-moi une chance. Laisse-nous une chance !

La joie et l'espoir éprouvés quelques minutes plus tôt chez Nickolas et Lucy avaient déserté son cœur. Ne restaient que l'angoisse et la peur, que cet amour qui le faisait souffrir plus qu'il ne le rendait heureux.

Il fallait qu'il voie Joe, qu'il soit sûr qu'il allait bien. Ce silence et cette absence l'inquiétaient réellement : et s'il lui était arrivé quelque chose ? Fox aurait certainement été en train de hurler à la mort dans une telle situation, mais il ne pouvait pas en être complètement sûr.

— Joe…

Randy appuya son front contre le battant immobile, les yeux fermés et les poings serrés. C'était loin d'être gagné, pourtant ce n'était pas le moment d'abandonner.

Alors qu'il se concentrait, il crut entendre de légers bruits à l'intérieur de la maison, mais ce n'était sans doute que Fox qui continuait à surveiller la porte.

Cela n'empêcha pas Randy de dire, à haute et intelligible voix :

— Je ne vais pas partir, Joe, pas cette fois. Tu es le seul à croire que nous deux c'est une erreur, et encore… je suis certain que tu ne le pensais pas réellement. Alors je reste là jusqu'à ce que tu veuilles bien me voir. Je ne bouge pas… Quand tu seras prêt, fais-moi signe.

Il s'écarta et recula de quelques pas, jusqu'à s'asseoir sur le rebord de la terrasse. Ses pieds touchaient l'herbe un peu plus bas, il faisait dos à la porte d'entrée mais si Joe se décidait à sortir de la maison, il ne pourrait pas le manquer.

Randy patienta ce qui sembla être des heures – son anxiété déréglait légèrement le cours du temps. Le soleil était à peine descendu vers l'horizon lorsqu'il entendit derrière lui le bruit de la porte qu'on déverrouillait.

Il lui fallut attendre presque une minute pour qu'elle s'ouvre. Fox se précipita alors vers lui, ses griffes cliquetant contre le bois de la terrasse. Randy ne put s'empêcher de sourire alors que le chien lui faisait la fête. Il lui gratouilla la tête et le ventre, puis le regarda s'éloigner en reniflant.

Il sentit la présence de Joe sans se retourner, avant même de le voir à ses côtés – c'était comme s'il avait développé un nouveau sens lui permettant de savoir que l'homme qu'il aimait était à nouveau près de lui.

Son cœur rata plusieurs battements et ses mains se remirent à trembler, mais il ne fit pas le moindre geste, laissant Joe venir à lui.

Celui-ci finit par s'installer dans la même position. Quand Randy vit enfin son visage, il crut qu'il allait se mettre à pleurer à cause de toutes les émotions qu'il éprouvait : soulagement, amour, peine, admiration, tendresse ; ainsi qu'une pointe de désir qu'il avait toujours du mal à réfréner lorsqu'il était avec lui.

Jonathan ne le regardait pas, ses yeux étaient perdus dans le lointain comme il le faisait quand il admirait l'océan, assis sur le banc. Ses traits étaient tirés, ses lèvres pincées, et un début de barbe assombrissait son visage, le rendant plus dur, plus anguleux. S'être avancé jusque-là semblait lui avoir demandé de gros efforts, mais il l'avait fait et pour Randy, c'était tout ce qui comptait.

Sans rien dire, parce qu'il ne savait toujours pas comment aborder le sujet, il saisit doucement la main de Joe et la serra dans la sienne. L'un des nœuds qui lui oppressaient la poitrine se relâcha quand il vit que Joe n'essayait pas de se dégager.

Ils restèrent longuement ainsi, immobiles et silencieux, tandis que le soleil poursuivait son interminable trajet dans le ciel. Fox revint près d'eux et s'étendit sur le sol, jouant paresseusement avec les brins d'herbes qui lui chatouillaient la truffe.

Quand Randy se sentit prêt à parler, il murmura calmement :

— Je viens de voir Nick… Il m'a raconté.

Joe tressaillit à côté de lui et leurs regards se croisèrent enfin. Comme à chaque fois qu'il contemplait le bleu magnifique de ses yeux, Randy eut le souffle coupé. Ce qu'il s'apprêtait à dire serait décisif pour eux, mais il n'y avait plus aucune raison de retarder encore ce moment.

— Je sais tout, maintenant. Qui tu es, ce qui t'est arrivé… et je…

Il s'interrompit devant le mouvement de recul de Joe, qu'il avait anticipé. Le jeune homme tenta de retirer sa main, mais Randy la serra un peu plus fort tout en poursuivant :

— Je comprends que tu n'aies pas réussi à m'en parler, Joe. Je ne t'en veux pas. Ce qui s'est passé est terrible…

Jonathan remua sur place, et Randy comprit qu'il essayait de se lever, de fuir, alors il le retint en déplaçant sa main pour la poser dans son dos.

— Ne pars pas, Joe. Tu n'as pas à le faire avec moi, tu n'as pas à te sentir coupable, ni à baisser les yeux… Je trouve que tu as fait preuve de beaucoup de courage pour affronter tout ça. Tu as peut-être perdu ta voix mais tu n'as jamais cessé d'avancer, tu as su te construire une nouvelle vie ici, avec cette maison, ton travail, et tout le reste… Tu ne t'es pas lamenté sur ton sort alors que tu as vécu des choses horribles et tu es toujours là aujourd'hui, bien vivant… c'est le plus important ! Je t'admire pour ça. Et comme je te l'ai déjà dit, je ne veux pas te changer, je t'aime tel que tu es, là. Oui, c'est ça, je t'aime.

Joe l'écoutait sans le quitter des yeux désormais, l'air bouleversé.

— Quand je t'ai rencontré, je ne t'ai pas reconnu. Ce n'est que lorsque j'ai vu les photos hier matin que j'ai réalisé qui tu étais. Mais quand je te voyais sur le banc, je n'en avais aucune idée ! J'ai appris à te connaître, tu me plaisais énormément. Et puis je suis tombé amoureux de toi. Je ne peux rien faire contre ça, je ne peux pas effacer ce que je ressens pour toi même si tu me le demandais… Je sais que ça peut marcher entre nous, parce que ça a été le cas jusqu'à maintenant. Alors si… si tu as des sentiments pour moi, toi aussi, c'est tout ce qui compte. Le reste n'est rien… Je veux dire, ça ne nous empêchera pas d'être ensemble. Je t'en prie, Joe, crois-moi… Si tu as envie de ça, et si tu m'aimes un petit peu… laisse-moi t'aimer aussi.

Randy se tut, à bout de souffle, à bout de forces. Il avait dû rassembler toute l'énergie qu'il lui restait pour dire ces mots et il se sentait à présent vidé, épuisé. Comme Joe restait immobile, il leva le regard vers son visage.

Des larmes coulaient silencieusement de ses yeux, pourtant ce n'était plus de la peur ou de la souffrance qui brillaient à l'intérieur. Jonathan paraissait à la fois soulagé et émerveillé ; le cœur de Randy fit un bond quand il comprit ce que cela signifiait.

Il n'eut aucun besoin de dictionnaire pour déchiffrer le signe que fit ensuite Joe : il se montra du doigt, croisa ses avant-bras sur sa poitrine comme s'il serrait quelque chose contre lui, puis désigna Randy. Il pleurait toujours, mais toutes les larmes du monde n'auraient jamais pu gâcher un moment aussi précieux.

— Oh mon dieu, chuchota Randy, bouleversé à son tour.

Il attira Joe dans ses bras, et celui-ci se blottit contre lui sans plus chercher à retenir son émotion. Randy le laissa faire, le berçant doucement et murmurant des phrases apaisantes. Peut-être qu'il laissa lui aussi échapper quelques larmes, mais personne n'était là pour les voir ni les juger – et même si cela avait été le cas, ils n'auraient rien changé, parce que rien n'était plus important que leur amour.

— Je t'aime, répéta encore Randy lorsque Joe se fut calmé.

Le jeune homme refit le même signe, avant d'approcher son visage pour embrasser Joe.

Ils avaient déjà échangé des centaines de baisers, du plus innocent au plus sensuel en passant par le plus tendre, pourtant aucun n'avait jamais eu ce goût de triomphe, d'achèvement, qu'ils ressentirent à ce moment-là.

Leur amour avait gagné et c'était ce dont ils se souviendraient le plus au terme de cette éprouvante journée.

~

Ce soir-là, ils restèrent chez Jonathan, et le jeune homme ne quitta pas une seconde les bras de Randy. Il leur fallut du temps pour retrouver leurs repères, pour savoir à nouveau comment se parler, se toucher.

Malgré ce que Randy avait prétendu, il était évident que les choses étaient devenues différentes entre eux, mais elles l'étaient de la bonne façon. Il n'avait plus peur d'aborder le mauvais sujet ou de faire le mauvais geste, parce qu'il savait désormais ce qu'il fallait éviter, à moins que cela ne vienne de Joe lui-même.

Ainsi, lorsqu'il voulut évoquer ce qui lui était arrivé et ce qu'il avait ressenti au cours des dernières années, Randy lui accorda toute son attention, toute sa compréhension.

Quand il lui fit part des doutes qui ne cessaient de tourbillonner en lui et des peurs qui avaient du mal à le quitter, Randy rassembla toute sa tendresse pour tenter de le rassurer.

Quand il décida de lui montrer quelques photographies de l'époque du groupe, Randy les observa sans chercher à en savoir davantage que ce que Joe lui révélait.

Et quand le rappel de tous ces souvenirs ramena de nouvelles larmes dans les yeux du jeune homme, il lui offrit le refuge de ses bras et la promesse de rester pour lui un soutien indéfectible, quel que soit le lieu ou le moment.

Lorsqu'ils allèrent se coucher, tard dans la nuit, ils étaient tous les deux exténués. Le manque de sommeil et toutes ces émotions exacerbées avaient eu raison de leur résistance, pourtant une fois étendus sur le lit, enlacés, il leur fut impossible de s'endormir.

Cela semblait presque trop beau pour être vrai, la manière avec laquelle ils étaient passés de la séparation et du désespoir à ce bonheur intense.

Randy ne pouvait détourner son regard de Joe, pas plus qu'il ne pouvait s'empêcher de le toucher. Il avait besoin de l'observer, de le sentir, pour réussir à croire qu'il l'avait retrouvé. Joe semblait éprouver la même chose : il s'était immédiatement blotti contre lui, une jambe emmêlée aux siennes et le visage posé sur son torse.

Alors qu'il caressait du bout des doigts le dos du jeune homme, il lui dit « je t'aime » une nouvelle fois et le répéta encore et encore. Joe ne pouvait pas bouger pour le signer, mais Randy sentit ses lèvres remuer contre sa peau comme il articulait silencieusement les mêmes mots. Il sourit et ferma les yeux.

Ils finirent par s'endormir ainsi, bercés par la plus vieille et la plus belle mélodie au monde : celle des battements de leurs cœurs, qui avaient trouvé un même rythme.

Au matin, alors que le soleil brillait déjà haut dans le ciel, Randy fut réveillé par le bonheur incroyable qui pulsait dans son cœur, pétillait au creux de son ventre et habitait chaque parcelle de son corps.

Ces sensations s'intensifièrent quand il posa le regard sur Joe, lequel ouvrait lentement les yeux près de lui.

— Bonjour, murmura Randy en caressant sa joue.

Jonathan lui adressa un sourire. Quelques instants plus tard, alors qu'ils étaient mieux réveillés, le jeune homme attrapa son téléphone pour lui écrire : « C'est toujours les vacances… ».

Randy éclata de rire.

— Et tu as envie de fêter ça, n'est-ce pas ?

Joe hocha vigoureusement la tête, une expression gourmande sur le visage. Ses yeux brillaient, et avec ses cheveux encore ébouriffés de la nuit, Randy le trouva plus irrésistible que jamais. Il bascula vers lui pour l'embrasser, frissonnant déjà de tout le plaisir qu'ils allaient se donner.

Pas de doute, ils avaient une très bonne façon de célébrer les choses…

Et cette fois, plus rien ne viendrait gâcher la fête.

PARLE

Deux ans plus tard

Randy laissa retomber sa main sur sa cuisse en soupirant nerveusement pour la vingtième fois. À ce rythme-là, il n'aurait plus d'ongle à ronger d'ici la fin de la soirée, il n'aurait même plus de doigt ! Sa jambe se mit à sautiller toute seule jusqu'à ce qu'une main lui tapote gentiment le genou.

— Calme-toi, ou tu vas réussir à faire stresser toute la salle ! lui dit Lucy.

Son sourire était apaisant, mais rien de ce qu'elle pourrait dire ou faire ne parviendrait à l'apaiser. Il avait hâte que le concert commence et en même temps, il mourait d'envie de partir et de ramener Joe à la maison pour être sûr que plus rien de mal ne lui arriverait.

Mais il ne pouvait pas faire ça.

C'était la décision de Joe, pas la sienne. Et de toute façon, ce n'était que le stress qui l'amenait à penser ainsi : rien n'aurait pu le résoudre à quitter cette salle.

Nick se pencha vers lui et ils échangèrent un regard qui se passait de mots. Lui aussi était nerveux, lui aussi avait peur, d'autant plus qu'il avait partagé avec son frère chaque moment de leur vie, chaque victoire, chaque épreuve.

Les parents et la sœur de Joe, Debby, étaient également présents, assis de l'autre côté de Randy dans la partie VIP de la salle.

Ils étaient tous déjà infiniment fiers du jeune homme, mais ne pouvaient faire taire l'inquiétude au fond d'eux. Ce n'était pas parce qu'ils doutaient de Joe, mais parce qu'ils tenaient à lui et ne lui souhaitaient que bonheur et réussite dans cette nouvelle aventure, cette deuxième chance.

— Plus que quinze minutes, murmura Randy pour lui-même.

Il s'imagina Joe dans la loge, lui envoya toutes les ondes positives qu'il pouvait. Il ne croyait pas vraiment à ça mais ce soir-là, il était prêt à tout pour que les choses se passent le mieux possible.

Quand il avait quitté Joe, dix minutes auparavant, ce dernier avait l'air terrifié. Mais il voulait aussi être seul pour se concentrer avant le grand moment, alors Randy l'avait serré dans ses bras une dernière fois puis l'avait laissé.

— Il va nous faire une crise d'angoisse, déclara Patrick, le père de Joe, à ce moment-là.

— Qui ça, Joe ? répliqua Debby.

Elle avait les yeux bleus de ses frères mais en dehors de ça, elle ne leur ressemblait pas beaucoup.

— Non, Randy !

Celui-ci se mit à rire, secouant la tête pour les rassurer.

Ce n'était que la troisième fois qu'il voyait Debby mais il commençait à très bien connaître Patrick et Christina, qui l'adoraient.

Cela avait été le cas dès leur première rencontre, et ils l'avaient accueilli au sein de leur famille sans la moindre réserve. Christina disait souvent que Randy avait en quelque sorte ramené Joe à la vie, surtout après que celui-ci avait recommencé à parler.

— Mais non, c'est du solide notre Randy ! intervint-elle en le couvant d'un regard bienveillant.

Il lui sourit mais au fond de lui, il ne voyait pas bien comment il parviendrait à survivre à cette soirée.

Pour occuper ses pensées durant les dix dernières minutes d'attente, Randy songea au jour, ou plutôt à la nuit, où Jonathan avait retrouvé l'usage de sa voix.

Il avait été réveillé par des gémissements, chose tout à fait inhabituelle. Il avait d'abord cru qu'il s'agissait de ceux de Fox, mais il avait vite constaté que celui-ci dormait paisiblement dans son panier... alors que Jonathan, lui, était en plein cauchemar.

Avant de pouvoir le réveiller pour le calmer, il l'avait entendu prononcer son prénom. Randy n'y avait pas cru, tout d'abord, pensant qu'il était peut-être lui aussi en train de rêver, jusqu'à ce que Joe se réveille en criant.

Jamais Randy n'avait été aussi heureux d'entendre une voix que cette nuit-là. Il lui avait fallu du temps pour l'apaiser et le persuader que c'était bien lui qui avait crié – Joe ne voulait pas le croire, d'autant plus qu'il était à nouveau incapable de parler. Quoi qu'il en soit, cela restait pour Randy un de ses plus beaux souvenirs.

Le lendemain, comme Joe était à nouveau silencieux, Randy avait eu peur de s'être emballé trop vite. Mais les choses s'étaient faites tout doucement et au bout d'un moment, Joe avait réussi à parler.

Quelques mots d'abord, puis des phrases entières, et des gémissements, et des rires qui l'avaient fait tomber plus amoureux de lui que Randy ne l'était déjà.

Sans être très grave, la voix de Joe était pleine de douceur, avec des intonations rauques qui finissaient de le rendre irrésistible. Elle semblait différente de celle que Randy avait l'impression d'entendre quand il se remémorait les chansons du groupe, mais c'était peut-être simplement parce que ses souvenirs n'étaient pas très fidèles... Et puis, il l'avait auparavant entendu chanter mais pas parler, pas de cette façon, dans un cadre privé, intime.

Randy ne s'était jamais dit que Joe surmonterait un jour son mutisme après tant d'années de silence. Il ne l'avait même pas souhaité ni espéré, parce qu'à ses yeux Jonathan était parfait tel qu'il était. Mais c'était arrivé, et il devait bien avouer qu'il se sentait plus comblé que jamais depuis qu'il pouvait entendre son amant.

Même s'ils avaient toujours su communiquer, mêlant les signes et les messages, il ne pouvait nier que la voix de Joe avait amené leur relation à un tout autre niveau. C'était tellement bon de l'entendre quand il murmurait son prénom, quand il lui disait « je t'aime », quand il lui racontait sa journée ou quand il exprimait sa volupté dans ses bras...

Randy avait développé une sorte d'obsession pour la voix de Joe dans ces moments-là : il pouvait passer des heures à se consacrer à son amant pour le seul plaisir de l'écouter gémir, supplier et balbutier des mots sans suite lorsqu'ils faisaient l'amour.

Il avait fallu du temps à Jonathan pour reprendre la musique, encore plus pour tenter de chanter après avoir retrouvé sa voix. Il avait passé de nouveaux examens médicaux pour être certain que tout allait bien, puis il avait suivi des cours de chant pendant plusieurs mois pour réapprendre les techniques de respiration et les bonnes façons de placer sa voix pour ne pas trop forcer sur ses cordes vocales.

Cela avait été un long chemin, parsemé de doutes et d'angoisses. Randy n'avait pas compté le nombre de fois où Joe s'était effondré dans ses bras en disant qu'il ne parviendrait plus à chanter comme avant, ni celles où il se mettait à paniquer, hanté par la peur de perdre sa voix à nouveau.

Il avait fait de son mieux pour le rassurer, le soutenir, et surtout, il l'avait convaincu de poursuivre ce rêve qui s'était brisé autrefois, quand Joe prétendait qu'il valait mieux abandonner et se concentrer sur ce qui faisait sa vie désormais.

Jonathan était fait pour la musique, pour la scène. Il avait des étoiles dans les yeux quand il en parlait, quand il composait. Il était parfaitement dans son élément, à sa place, quand il jouait et quand il chantait. C'était ce bonheur que Randy lui avait toujours souhaité et pour rien au monde il n'aurait laissé Joe passer à côté.

Alors, petit à petit, ensemble, ils en étaient arrivés là.

En deux ans, la vie de Joe avait été totalement métamorphosée… et Randy pouvait en dire autant de la sienne.

Ils vivaient ensemble désormais, dans la maison de Joe sur les canaux de Venice Beach. Son travail lui plaisait toujours autant et leur amour comblait tout ce qui lui avait manqué auparavant.

Quand Randy repensait au jour où il était allé lui parler à Santa Monica, il ne pouvait s'empêcher de se dire que tout ça ne serait probablement jamais arrivé s'il ne l'avait pas fait.

Il aurait pu continuer son chemin et rentrer chez lui ; Joe serait resté cet inconnu solitaire sur le banc, et jamais ils n'auraient vécu ensemble tout ce qu'ils avaient partagé. La vie ne tenait qu'à un fil, il suffisait d'un rien pour la rendre horrible ou merveilleuse, mais juste pour ça, elle valait la peine d'être vécue…

Les lumières de la salle s'éteignirent. Le silence ne se fit pas vraiment, il restait toujours le bruit feutré des conversations et des mouvements, mais cet instant n'en était pas moins intense, électrisant.

Le cœur de Randy redoubla de vitesse – ce n'était pas une crise d'angoisse qu'il allait faire, mais plutôt une attaque cardiaque. Il avait l'impression de n'avoir vécu les huit dernières semaines que pour ce seul moment, ces quelques heures sur lesquelles Joe serait sur scène.

Celui-ci avait été le premier surpris lorsque le directeur de la salle l'avait contacté pour lui proposer de donner un concert, après avoir visionné les vidéos que Joe avait commencé à partager sur Internet.

Les choses ne fonctionnaient pas vraiment comme ça en général, c'était plutôt aux artistes de chercher des endroits où se produire et des labels qui accepteraient de les lancer, mais Joe avait beaucoup de succès sur les réseaux sociaux, et il avait déjà un nom, une carrière.

Quoi qu'il en soit, il ne devait tout cela qu'à lui-même, qu'au travail et au combat acharnés qu'il avait menés pour réussir à revenir jusque-là. Et Randy était bien placé pour savoir à quel point Joe avait travaillé afin de préparer ce concert.

Peu importait ce qui se passerait ce soir – Randy envisageait toutes les possibilités –, Joe serait quand même gagnant. Il avait de quoi être fier de lui, de son parcours et de sa réussite, parce que ça en était déjà une aux yeux de ses proches.

Joe revenait de loin et pourtant il était toujours là ; il serait bientôt là, sur scène, la tête haute. C'était la plus belle victoire que la vie aurait pu lui offrir.

Il y eut un bref instant de silence puis des applaudissements retentirent, parce que le jeune homme était apparu sur la scène plongée encore dans la pénombre.

Randy vit sa silhouette frêle derrière le pied du micro. Il avait du mal à croire que c'était bien la réalité, que Joe se trouvait là-bas et qu'il s'apprêtait à chanter...

C'était une sorte de miracle.

Il ne put applaudir comme le faisaient tous les autres, parce que l'émotion l'empêchait de faire le moindre mouvement. Il était pétrifié, suspendu à cet instant décisif.

Alors qu'un faisceau de lumière se posait sur Jonathan, sa mère saisit la main de Randy qui la serra avec force. Ce geste simple était autant du soutien que de la gratitude ; ils en eurent besoin alors qu'ils observaient Joe parcourir la salle du regard.

Ce dernier ne distinguait certainement pas leurs visages, mais il savait qu'ils étaient là, et cela l'aida visiblement à prendre la parole :

— Je... Bonsoir, ce n'est...

Sa voix était vacillante et Joe dut s'arrêter pour reprendre sa respiration. Randy retenait la sienne, plus nerveux qu'il ne l'avait jamais été de toute sa vie. Et si Joe n'était pas prêt, finalement ? Si quelque chose le bloquait à nouveau et l'empêchait de continuer ?

En cinq secondes, Randy imagina tous les scénarios possibles mais finalement, Joe reprit la parole :

— Ce n'est sans doute pas la meilleure façon de commencer ce concert mais avant de chanter, je souhaitais vous dire quelque chose...

Le public écoutait, attentif.

— Il y a quelques années, je vivais presque tous les soirs ce genre de moment. J'étais jeune, insouciant, et... Bon, je ne suis pas encore trop vieux, mais... mais il s'est passé certaines choses qui m'ont empêché de continuer. S'il y a parmi vous des personnes qui m'ont connu à cette époque, j'espère que vous ne serez pas trop déçus du changement...

Randy sourit. Changement ou non, les gens allaient l'adorer, il en était certain. Comment auraient-ils pu lui résister ?

Joe était sublime dans son jean noir et sa chemise sombre légèrement transparente. Ses yeux étaient plus brillants que jamais, et à mesure qu'il parlait, il s'appropriait la scène, la salle, par sa seule présence. Il n'avait rien à faire pour ça, c'était juste sa place.

— Bref, je vous remercie d'être venus si nombreux ce soir. Merci aussi à mes proches de m'avoir soutenu pendant ces années difficiles et jusqu'à aujourd'hui… Nick, maman, papa, Debby, Lucy… je vous aime.

Joe se retourna alors pour saisir la guitare qui était posée sur un support derrière lui et ajusta la sangle sur son épaule. Il dut s'éclaircir la gorge avant de pouvoir reprendre :

— Enfin, j'aurais voulu faire un long discours pour parler de celui qui a su me rendre ma voix, qui m'a sauvé de bien des façons… Mais ça n'aurait pas été suffisant pour le remercier et lui dire à quel point je l'aime. Alors, Randy, au lieu d'un discours, j'ai écrit cette chanson… Elle s'appelle Talk et elle est pour toi…

Joe commença à jouer et la vision de Randy se brouilla momentanément, à cause des larmes qui avaient envahi ses yeux.

Les gens applaudirent encore, il y eut même quelques cris, avant que tout le monde se taise pour apprécier la chanson. Randy ne l'avait jamais entendue, il ne savait même pas que Joe l'avait écrite. Il avait bien caché ce secret, mais cette fois c'était pour la meilleure des raisons.

Pendant toute la durée du morceau, il fut incapable de détourner le regard de Jonathan. Il était comme transporté dans un autre monde, où il ne voyait que lui, n'entendait que sa voix ; les centaines de personnes autour n'existaient plus.

— *I just needed to talk, just needed to talk,*
To someone who could hear me…
I just needed to talk, just needed to talk,
You were there and you set me free.[1]

Joe répéta plusieurs fois ces phrases en guise de refrain. Il ne s'adressait qu'à Randy à travers cette chanson et même s'ils ne se touchaient pas, ne se regardaient pas directement dans les yeux, ils n'avaient jamais été aussi proches qu'à ce moment-là.

Lorsqu'elle fut terminée, tout le monde applaudit et encouragea Joe. Comme le concert se poursuivait, Randy échangea des regards et des sourires avec les proches de son amant. Le bonheur qu'ils ressentaient était d'autant plus précieux qu'ils avaient cru ne plus jamais assister à de tels moments.

Il songea au discours de Joe, au courage dont il avait fait preuve pour présenter ainsi son histoire aux gens… Il s'était montré tel qu'il était, sans rien cacher ; c'était la preuve de la force qu'il avait en lui malgré tout ce qu'il avait vécu.

Randy n'aurait pas imaginé pouvoir l'aimer plus que ce n'était déjà le cas et pourtant, à ce moment-là, son cœur parut réellement sur le point d'exploser à cause de l'intensité de ses sentiments pour lui.

Le concert passa en un éclair et fut un véritable succès. Les gens l'acclamèrent longuement, le faisant revenir sur scène plusieurs fois, jusqu'à ce qu'il n'ait plus aucune chanson originale à leur proposer. Randy avait toujours su que Joe était un artiste complet, mais il était heureux que le reste du monde puisse enfin s'en rendre compte.

---

[1] « J'avais juste besoin de parler, besoin de parler / À quelqu'un qui saurait m'écouter… / J'avais juste besoin de parler, besoin de parler / Tu étais là et tu m'as libéré. »

Lorsque lui et la famille du jeune homme allèrent le rejoindre en coulisses un moment après la fin du concert, Joe se jeta au cou de Randy, un sourire radieux illuminant son visage.

— Bravo, chéri, tu as été parfait ! s'écria-t-il en le serrant contre lui. Et merci pour cette chanson, je l'ai adorée…

— C'est vrai ? Je voulais te faire la surprise, et…

Il s'interrompit de lui-même pour embrasser Randy. Ce n'était qu'un petit baiser, parce qu'il y avait beaucoup trop de gens qui les entouraient, mais ils se rendirent compte qu'ils l'avaient attendu toute la soirée.

Randy libéra Joe pour qu'il puisse saluer sa famille, mais le jeune homme revint bientôt près de lui. Approchant sa bouche de son oreille, il lui confia :

—Tu vois le gars là-bas ? C'est l'un des directeurs d'un gros label. Il m'a proposé de me signer…

— C'est super !

— Ouais… je ne sais pas, ce n'est pas un peu rapide ? J'ai perdu l'habitude, moi ! Bon si ça se trouve, je n'aurai plus jamais de ses nouvelles après ce soir, et…

— Joe.

Randy posa une main sur la joue de son amant, lui souriant tendrement.

— Oui ?

— Il va te signer, c'est certain. Ne serait-ce que pour être le premier à le faire… Tu es Joe Reed, ajouta-t-il comme Jonathan lui adressait un regard interrogateur. Quand les maisons de disques vont comprendre, elles vont toutes te vouloir ! Après un concert pareil…

— C'est vraiment bien, alors ?

Randy hocha la tête et poursuivit :

— Tu as cartonné, c'était génial.

— Tu dis ça parce que tu m'aimes !

— Non ! Enfin, oui, je t'aime… mais le reste est vrai aussi !

Joe éclata de rire, attirant les regards réjouis de ses proches. Randy observa tous ces visages, posa à nouveau les yeux sur celui de son amant, et murmura :

— Épouse-moi.

Jonathan tressaillit et fronça les sourcils, pas certain d'avoir bien entendu. Randy lui-même ne savait absolument pas d'où étaient venus ces mots, mais il ne les regretta pas un seul instant.

— Quoi ?!

— Épouse-moi, répéta-t-il. Tu vas à nouveau être super connu, avec des milliers de fans, les gens vont te vouloir partout… Il faudra bien leur faire comprendre que tu es un petit peu à moi, non ?!

— Mais je suis tout à toi, répliqua Joe.

Il semblait à mi-chemin entre le sourire et les larmes, et Randy n'était pas mieux. Les autres semblèrent comprendre que quelque chose de sérieux était en train d'arriver, parce que le silence était quasiment total quand Randy reprit :

— Alors… est-ce que tu veux m'épouser ?

Joe hocha lentement la tête, les yeux écarquillés et les lèvres serrées, comme s'il avait à nouveau perdu sa voix.

Autour d'eux, tout le monde semblait retenir son souffle.

— Parle, exigea tendrement Randy.

— Oui, souffla alors Jonathan.

Au milieu des exclamations de joie et de nouveaux applaudissements, ils tombèrent dans les bras l'un de l'autre, submergés par tout l'amour qu'ils éprouvaient.

Il était comme une lueur qui brillait avec de plus en plus de force. Le passé avait été sombre, mais depuis qu'ils avaient allumé cette lumière, l'avenir promettait seulement d'être radieux.

Vous avez aimé ce livre ?

Partagez votre avis sur *Amazon* et les autres plateformes littéraires…
Et rejoignez-moi sur mon site pour découvrir mon univers et suivre mon actualité !

www.opheliepemmarty.com

ISBN : 978-2-9552907-3-6
Dépôt légal : 2023
Achevé d'imprimer par KDP Amazon en POD